中公文庫

文豪と酒

酒をめぐる珠玉の作品集

長山靖生編

中央公論新社

目次

文豪と酒

酒をめぐる珠玉の作品集

屠蘇「元日」

夏目漱石

雑煮を食って、書斎に引き取ると、しばらくして三四人来た。いずれも若い男である。其内の一人がフロックを着ている。着なれない所為か、メルトンに対して妙に遠慮する傾きがある。あとのものは皆和服で、かつ不断着の儘だから頓と正月らしくない。此連中がフロックを眺めて、やあ——やあと一ツずつ云った。みんな驚いた証拠である。自分も一番あとで、やあと云った。

フロックは白い手巾を出して、用もない顔を拭いた。そうして、頻に屠蘇を飲んだ。ほかの連中も大いに膳のものを突ついている。所へ虚子が車で来た。是は黒い羽織に黒い紋付を着て、極めて旧式に極っている。あなたは黒紋付を持っていますが、矢張能をやるから其必要があるんでしょうと聞いたら、虚子が、ええ左うですと答えた。そうして、一つ謡いませんかと云い出した。自分は謡っても宜う御座んすと応じた。

それから二人して東北と云うものを謡った。余程以前に習った丈で、殆ど復習と云う事をやらないから、所々甚だ曖昧である。其上、我ながら覚束ない声が出た。漸く謡って仕舞うと、聞いていた若い連中が、申し合せた様に自分を不味いと云い出した。中にもフロックは、あなたの声はひょろひょろしていると云った。此連中は元来謡のうの字も心得ないもの共である。だから虚子と自分の優劣はとても分らないだろうと思っていた。然し、批評をされて見ると、素人でも理の当然な所だから已を得ない。馬鹿を云えという勇気も出なかった。

するとと虚子が近来鼓を習っているという話しを始めた。謡のうの字も知らない連中が、一つ打って御覧なさい、是非御聞かせなさいと所望している。虚子は自分に、じゃ、あなた謡って下さいと依頼した。是は囃の何物たるを知らない自分に取っては、迷惑でもあったが、又斬新という興味もあった。謡いましょうと引き受けた。虚子は車夫を走らせて鼓を取り寄せた。鼓がくると、台所から七輪を持って来さして、かんかんいう炭火の上で鼓の皮を焙り始めた。みんな驚いて見ている。自分も此猛烈な焙りかたには驚いた。大丈夫ですかと尋ねたら、ええ大丈夫ですと答えながら、指の先で張切った皮の上をかんと弾いた。一寸好い音がした。もう宜いでしょうと、七輪から卸して、鼓の緒を締めにかかった。紋服の男が、赤い緒をいじくっている所が何となく品（ひん）が好い。今度はみんな感心して見ている。

　虚子はやがて羽織を脱いだ。そうして鼓を抱（か）い込（こ）んだ。自分は少し待って呉れと頼んだ。第一彼が何処いらで鼓を打つか見当が付かないから一寸打ち合せをしたい。虚子は、ここで掛声（かけごえ）をいくつ掛けて、ここで鼓をどう打つから、御遣りなさいと懇（ねんごろ）に説明して呉れた。自分にはとても呑み込めない。けれども合点の行く迄研究していれば、二三時間はかかる。已（やむ）を得（え）ず、好い加減に領承（りょうしょう）した。そこで羽衣（はごろも）の曲を謡い出した。春霞（はるがすみ）たなびきにけりと半行程来るうちに、どうも出が好くなかったと後悔し始めた。甚だ無勢力である。けれども途中から急に振るい出しては、総体の調子が崩れるから、萎靡因循（いびいんじゅん）の儘、少し押して行くと、虚子が矢庭（やにわ）に大きな掛声をかけて、鼓をかんと一つ打った。

　自分は虚子が斯う猛烈に来ようとは夢にも予期していなかった。元来が優美な悠長なものと許（ばか）り考えていた掛声は、丸（まる）で真剣勝負のそれの様に自分の鼓膜を動かした。自分の謡（うたい）は此掛声で二三度波を打った。それが漸く静まりかけた時に、虚子が又腹一杯に横合から威嚇（おどか）した。自分の声は威嚇（おどか）される度によろよろする。そうして小さくなる。しばらくすると聞いているものがくすくす笑い出した。自分も内心から馬鹿々々しくなった。其時フロックが真先に立って、どっと吹き出した。自分も調子につれて、一所に吹き出した。

それから散々な批評を受けた。中にもフロックのは尤も皮肉であった。虚子は微笑しながら、仕方なしに自分の鼓に、自分の謡（うたい）を合せて、目出度謡（めでたくうた）い納（おさ）めた。やがて、まだ廻らなければならない所があると云って車に乗って帰って行った。あとから又色々若いものに冷かされた。細君迄一所になって夫（おっと）を貶（くさ）した末、高浜さんが鼓を御打ちなさる時、襦袢の袖がぴらぴら見えたが、大変好い色だったと賞（ほ）めている。フロックは忽ち賛成した。自分は虚子の襦袢の袖の色も、袖の色のぴらぴらする所も決して好いとは思わない。

どぶろく「すきなこと」

幸田露伴

日本のそれがし山にて、ある時、寒山はなつかしきかたよりの文に浮れて里にくだり、拾得は手づくりの酴醿漉(どぶろく)を独り酌んでころりと横になりければ、掃えどもつきぬ落葉に常はいそがしき身の竹箒と、嘘のみ書(かい)てある巻物と、おのおの主人の口真似して風流を談じたる。

金の冠はけっこうなり、頭巾は風流なり、黒の羽織はけっこうなり、ちゃんちゃんは風流なり。なげしづくりはけっこう、草ぶきの屋は風流、山海の珍味は極好、菜づけ焼き海苔は風流なり。けっこうをわるくおもわば風流はひがみにて、風流をいやしとなさばけっこうは驕慢のすがたなるべし。

紅の花におう春、緑の葉しげる夏はけっこうなり、月明らかに露冷やかなる秋、時雨さびしく雪つれなき冬は風流なり。よろずの事そなわれる都はけっこうなり、不自由がちの山里は風流なり。名所の景色はけっこうなり、雑木山のあしたに霞み色どる、浜の夕日に照らされたるさまなどは風流なり。

よき女のよき衣きたるはけっこうなり、醜き婦の身を恥じて何事もしとやかにふるまえるは風流なり。世才かしこく学問たけたる男はけっこうなり、おろかにして後世をたのむようなる男は風流なり。

妻あり夫あるは極好なり、男も女もひとりなるは風流なり。おもいおもわれたる二人むつまじく世にあるは極好、義理にさえられ勢に駈られなんどして手に手とりくみ、未来を契り互いの命を捨てあいたるは風流なり、妻死して子あれば男ふたたび娶らず、夫死して子なきも女ふたたび嫁がざるは風流なり。

文王周公はけっこうなり、伯夷叔斉は風流なり。諫めて聴かるるは極好、聴かれずして尚諫むるは風流、敵を降伏したるは極好、屍を戦場に曝らし恨を冥土にもたらし枯骨となりて松の風月の光りに訪わるるのみなるは風流なり。端然として生き居らむは極好、莞爾として死に就かむは風流、廟堂にたつは極好、牢獄につながるるは風流なり。

人に罵り辱しめられぬは極好なり、罵り辱しめられて怒らず争わざるは風流なり。志を世に得るは極好なり、世に容れられずして是非なく身退き静に天を楽みて心の操をかえざるは風流なり。
風流をもって極好を凌がんとし、極好をもって風流を圧せんとするものは、馬糞を牡丹餅より甘しとなし、作り花を花よりよしとおもう人ならむ、馬糞風流阿呆極好あ
あすかぬことといの。

ビール「うたかたの記」

森鷗外

上

幾頭の獅子(しし)のひける車の上に、勢いよく突(つ)っ立ちたる、女神(にょしん)バワリアの像は、先王ルウドウィヒ第一世がこの凱旋門(がいせんもん)に据(す)えさせしなりという。そのもとよりルウドウィヒ町を左に折れたるところに、トリエント産の大理石にて築きおこしたるおおいえあり。これバワリアの首府に名高き見ものなる美術学校なり。校長ピロッチイが名は、おちこちに鳴りひびきて、ドイツの国々はいうもさらなり、新ギリシア、イタリア、デンマルクなどよりも、ここに来りつどえる彫工(ちょうこう)、画工数を知らず。日課をおえてのちは、学校の向いなる、「カッフェエ、ミネルワ」という店に入りて、珈琲(カッフェエ)のみ、酒くみかわしなどしておもいおもいの戯(たわぶ)れす。こよいもガス灯の光、半ば開きたる窓に映じて、うちには笑いさざめく声聞ゆるおり、かどにきかかりたる二人あり。

先にたちたるは、かち色の髪のそそけたるをいとわず、幅広き襟飾り斜めに結びたるさま、誰が目にも、ところの美術諸生と見ゆるなるべし。立ちどまりて、あとなる色黒き小男に向い、「ここなり」といいて、戸口をあけつ。

まず二人が面をうつはたばこの煙にて、にわかに入りたる目には、中なる人をも見わきがたし。日は暮れたれど暑きころなるに、窓ことごとくあけ放ちはせで、かかる煙の中にいるも、習いとなりたるなるべし。「エキステルならずや、いつのまにか帰りし」「なお死なでありつるよ」など口々に呼ぶを聞けば、かの諸生はこの群れにて、馴染あるものならん。その間、あたりなる客は珍らしげに、後ろにつきて入りきたれる男を見つめたり。見つめらるる人は、座客のなめなるを厭いてか、しばし眉根に皺寄せたりしが、とばかり思いかえししにや、わずかに笑みを帯びて、一座を見わたしぬ。

この人はいま着きし汽車にて、ドレスデンより来にければ、茶店のさまの、かしことこことことなるに目を注ぎぬ。大理石の円卓いくつかあるに、白布かけたるは、夕餉おわりしあとをまだ片づけざるならん。裸なる卓に倚れる客の前にすえたる土やきの盃あり。盃は円筒形にて、燗徳利四つ五つもあわせたる大いさなるに、弓なりのとり手つけて、金蓋（かなぶた）を蝶番（ちょうつがい）に作りておおいたり。客なき卓に珈琲碗おいたるを見れば、みなさかしまに伏せて、糸底の上に砂糖、幾塊（いくかたまり）か盛れる小皿（こざら）載せたるもおかし。

　客はみなりも言葉もさまざまなれど、髪もけずらず、服もととのえぬは一様なり。されどあながち卑しくも見えぬは、さすが芸術世界に遊べるからにやあるらん。中にもきわだちてにぎわしきは中央なる大卓（おおづくえ）を占めたる一群れなり。よそには男客のみなるに、ひとりここには少女（おとめ）あり。いまエキステルに伴われて来（こ）し人と目を合わせて、互いに驚きたるごとし。

　来し人はこの群れに珍らしき客なればにや。また少女の姿は、初めてあいし人を動かすに余りあらん。前庇（まえびさし）広く飾りなき帽をかぶりて、年は十七八ばかりと見ゆる顔（かん）ばせ、ウェヌスの古彫像をあざむけり。そのふるまいにはおのずから気高きところありて、かいなでの人と覚えず。エキステルが隣の卓なる一人の肩をうちて、何事をか語りいたるを呼びて、「こなたにはおもしろき話一つする人なし。この様子にてはカルタにのがれ球突きに走るなど、いまわしきことを見んも知られず。おん連れの方とともに、こなたへ来たまわずや」と笑（え）みつつすすむる、その声の清きに、いま来し客は耳かたぶけつ。

「マリイの君のいたもうところへ、誰か行かざらん。人人も聞け、きょうこの『ミネルワ』の仲間に入れんとて伴いたるは、巨勢君とて、遠きやまとの画工なり」とエキステルに紹介せられて、したがい来ぬる男の近寄りて会釈するに、たちて名のりなどするは、外国人のみ。さらぬは坐したるままにて答うれど、あなどりたるにもあらず、この仲間の癖なるべし。

エキステル、「わがドレスデンなる親族訪ねにゆきしは人々も知りたり。巨勢君にはかしこなる画堂にてあい、それより交わりを結びて、こたび巨勢君、ここなる美術学校に、しばし足をとどめんとて、旅立ちたもうおり、われもともにかえり路に上りぬ」人々は巨勢に向いて、はるばる来ぬる人とあい識れるよろこびをのべ、さて、「大学にはおん国人も、おりおり見ゆれど、美術学校に来たもうは、君がはじめなり。きょう着きたまいしことなれば、『ピナコテエク』、また美術会の画堂なども、まだ見たまわじ。されどよそにて見たまいしところにて、南ドイツの画をなんとか見たもう。こたび来たまいし君が目的はいかに」など口々に問う。マリイはおしとどめて、「しばしばし、かく口をそろえて問わるる、巨勢君とやらんの迷惑、人々おもわずや。

聞かんとならば、静まりてこそ」というを、「さても女主人のきびしさよ」と人々笑う。巨勢は調子こそ異様なれ、つたなからぬドイツ語にて語りいでぬ。

「わがミュンヘンに来しは、このたびをはじめとせず。六年前にここを過ぎて、サキソニイにゆきぬ。そのおりは『ピナコテエク』にかけたる画を見しのみにて、学校の人々などに、交わりを結ぶことを得ざりき。そは故郷を出でしときよりの目あてなるドレスデンの画堂へ往かんと、心のみ急がれしゆえなり。されど再びここに来て、君らがまといに入ることとなりし、その因縁をば、早く当時に結びぬ」

「大人げなしといいけたで聞きたまえ。謝肉の祭、はつる日のことなりき。『ピナコテエク』の館出でしときは、雪いま晴れて、街の中道なる並木の枝は、ひとつびとつ薄き氷にてつつまれたるが、いま点ぜし街灯に映じたり。いろいろの異様なる衣を着て、白くまた黒き百眼かけたる人、群れをなして往き来し、ここかしこなる窓には毛氈垂れて、物見としたり。カルルの辻なる『カッフェエ、ロリアン』に入りてみれば、おもいおもいの仮装色を争い、中にまじりし常の衣もはえある心地す。みなこれ『コロッセウム』、『ウィクトリア』などいう舞踏場のあくを待てるなるべし」

かく語るところへ、胸当につづけたる白前垂かけたる下女、ビイルの泡だてるを、ゆり越すばかり盛りたる例の大杯を、四つ五つずつ、とり手を寄せてもろ手に握りもち、「新しき樽よりとおもいて、遅うなりぬ。許したまえ」とことわりて、前なる杯飲みほしたりし人々にわたすを、少女、「ここへ、ここへ」と呼びちかづけて、まだ杯持たぬ巨勢が前にもおかす。巨勢はひと口飲みて語りつづけぬ。

「われも片隅なる一榻に腰かけて、にぎわしきさまうち見るほどに、門の戸あけて入りしは、きたなげなる十五ばかりのイタリア栗うりにて、焼き栗盛りたる紙筒を、うずたかく積みし箱かいこみ、『マロオニイ、セニョレ』（栗めせ、君）と呼ぶ声も勇ましき、後ろにつきて入りしは、十二三と見ゆる女の子なりき。ふるびたる鷹匠頭巾、ふかぶかとかぶり、凍えて赤うなりし両手さしのべて、浅き目籠のふちを持ちたり。目籠には、常盤木の葉、敷き重ねて、その上に時ならぬ菫花の束を、愛らしく結びたるをのせたり。『ファイルヘン、ゲフェルリヒ』（すみれめせ）と、うなだれたる首をもたげもあえでいいし声の清さ、いまに忘れず。この童と女の子と、道連れとは見えねば、童の入るを待ちて、これをしおに、女の子は来しならんとおもわれぬ」

「この二人のさまのことなるは、早くわが目を射き。人を人ともおもわぬ、ほとんど憎げなる栗うり、やさしくいとおしげなるすみれうり、いずれも群れいる人の間をわけて、座敷の真中、帳場の前あたりまで来しころ、そこに休みいたる大学学生らしき男の連れたる、イギリス種の大狗、いままで腹ばいていたりしが、身を起して、背をくぼめ、四足を伸ばし、栗箱に鼻さし入れつ。それと見て、童の払いのけんとするに、驚きたる狗、あとにつきて来し女の子に突き当れば、『あなや』とおびえて、手に持ちし目籠とり落したり。茎に錫紙巻きたる、美しきすみれの花束、きらきらと光りて、よもに散りぼうを、よき物得つとかの狗、踏みにじりては、くわえて引きちぎりなどす。ゆかは煖炉の温まりにて解けたる、靴の雪にぬれたれば、あたりの人々、かれ笑い、これののしるひまに、落花狼藉、なごりなく泥土にゆだねたり。栗うりの童は、逸足出だして逃げ去り、学生らしき男は、あくびしつつ狗を叱し、女の子はあきれてうち守りたり。この菫花うりの忍びて泣かぬは、うきになれて涙の泉かれたりしか、さらずは驚きまどいて、一日の生計、これがためにやまんとまでは想いいたらざりしか。しばしありて、女の子は砕けのこりたる花束二つ三つ、力なげに拾わんとするとき、帳場にいる女の知らせに、ここの主人出でぬ。赤がおにて、腹突きいだしたる男の、白き前垂したるなり。太き拳を腰にあてて、花売りの子をしばしにらみ、『わが店にては、暖簾師めいたるあきない、せさせぬが定めなり。疾くゆきね』とわめきぬ。

女の子はただ言葉なく出でゆくを、満堂の百眼、一滴の涙なく見送りぬ
「われは珈琲代の白銅貨を、帳場の石板の上になげ、外套取りて出でて見しに、花売りの子は、ひとりさめざめと泣きてゆくを、呼べどもかえりみず。追いつきて、『いかに、よき子、菫花のしろ取らせん』というを聞きて、はじめて仰ぎ見つ。そのおもての美しさ、濃き藍いろの目には、そこい知らぬ憂いありて、ひとたびかえりみるときは人の腸を断たんとす。嚢中の『マルク』七つ八つありしを、から籠の木の葉の上におきて与え、驚きてなんともいわぬひまに、立ち去りしが、その面、その目、いつまでも目につきて消えず。ドレスデンにゆきて、画堂の額うつすべき許しを得て、ウェヌス、レダ、マドンナ、ヘレナ、いずれの図に向いても、不思議や、すみれ売りのかおばせ霧のごとく、われと画額との間に立ちて障礙をなしつ。かくては所詮、わが業の進まんこと覚束なしと、旅店の二階にこもりて、長椅子の覆革に穴あけんとせしころもありしが、一朝大勇猛心をふるいおこして、わがあらん限りの力をこめて、この花売りの娘の姿を無窮に伝えんと思いたちぬ。さはあれどわが見し花うりの目、春潮を眺むる喜びの色あるにあらず、暮雲を送る夢見心あるにあらず、イタリア古跡の間に立たせて、あたりに一群れの白鳩飛ばせんこと、ふさわしからず。わ

が空想はかの少女をラインの岸の巌根におらせて、手に一張の琴をとらせ、嗚咽の声を出させんとおもい定めにき。下なる流れにはわれ一葉の舟をうかべて、かなたへむきてもろ手高く挙げ、面にかぎりなき愛を見せたり。舟のめぐりには数知られぬ、『ニックセン』、『ニュムフェン』などの形波間よりいでて揶揄す。きょうこのミュンヘンの府に来て、しばし美術学校の『アトリエ』借らんとするも、行李の中、ただこの一画藁これをおん身ら師友の間にはかりて、成しはてんと願うのみ」

巨勢はわれ知らず話しいりて、かくいいおわりしときは、モンゴリア形の狭き目も光るばかりなりき。「いしくも語りけるかな」と呼ぶもの二人三人。エキステルは冷淡に笑いて聞きいたりしが、「汝たちもその図見にゆけ、一週がほどには巨勢君の『アトリエ』ととのうべきに」といいき。マリイは物語の半ばより色をたがえて、目は巨勢が唇にのみ注ぎたりしが、手に持ちし杯さえひとたびはふるいたるようなりき。巨勢は初めこのまといに入りしとき、すでに少女のわがすみれうりに似たるに驚きしが、話に聞きほれて、こなたを見つめたるまなざし、あやまたずこれなりと思われぬ。こも例の空想のしわざなりや否や。物語りおわりしとき、少女はしばし巨勢を見やりて、「君はその後、再び花うりを見たまわざりしか」と問いぬ。巨勢はただちに答うべき言葉を得ざるようなりしが。「否。花売りを見しその夕の汽車にてドレスデンを立ちぬ。されどなめなる言葉をとがめたまわずばきこえ侍らん。わがすみれうりの子にもわが『ロオレライ』の画にも、おりおりたがわず見えたもうはおん身なり」

この群れは声高く笑いぬ。少女、「さては画額ならぬわが姿と、君との間にも、その花うりの子立てりと覚えたり。われを誰とかおもいたもう」たちあがりて、真面目なりとも戯れなりとも、知られぬようなる声にて。「われはその菫花うりなり。君が情けの報いはかくこそ」。少女は卓越しに伸びあがりて、うつむきいたる巨勢が頭を、ひら手にておさえ、その額に接吻しつ。

この騒ぎに少女が前なりし酒はくつがえりて、裳をひたし、卓の上にこぼれたるは、蛇のごとくはいて、人々の前へ流れよらんとす。巨勢は熱き手掌を、両耳の上におぼえ、驚く間もなく、またこれより熱き唇、額に触れたり。「わが友に目を廻させたもうな」とエキステル呼びぬ。人々は半ば椅子より立ちて「いみじき戯れかな」と一人がいえば、「われらは継子なるぞくやしき」とほかの一人いいて笑うを、よそなる卓よりも、みな興ありげにうち守りぬ。

少女がそばに坐したりし一人は、「われをもすさめたまわんや」といいて、右手さしのべて少女が腰をかき抱きつ。少女は「さても礼儀知らずの継子どもかな、汝らにふさわしき接吻のしかたこそあれ」と叫び、ふりほどきて突っ立ち、美しき目よりは稲妻出ずと思うばかり、しばし一座をにらみつ。巨勢はただあきれにあきれて見いたりしが、このときの少女が姿は、菫花うりにも似ず、「ロオレライ」にも似ず、さながら凱旋門上のバワリアなりと思われぬ。

少女は誰が飲みほしけん珈琲碗に添えたりし「コップ」を取りて、中なる水を口にふくむと見えしが、ただ一噀。「継子よ、継子よ、汝ら誰か美術の継子ならざる。フィレンチェ派学ぶはミケランジェロ、ウィンチイが幽霊、オランダ派学ぶはルウベンス、ファン・ヂイクが幽霊、わが国のアルブレヒト・ドュウレル学びたりとも、アルブレヒト・ドュウレルが幽霊ならぬはまれならん。会堂にかけたる『スッヂイ』二つ三つ、直段よく売れたる暁には、われらは七星われらは十傑、われらは十二使徒とほしいままに見たてしてのわれぼめ。かかるえり屑にミネルワの唇いかで触れんや。わが冷たき接吻にて、満足せよ」とぞ叫びける。

噴きかけし霧の下なるこの演説、巨勢は何事ともわきまえねど、ときの絵画をいやしめたる、諷刺ならんとのみは推しはかりて、その面をうち仰ぐに、女神バワリアに似たりとおもいし威厳少しもくずれず、言いおわりて卓の上におきたりし手袋の酒に濡れたるを取りて、大股にあゆみて出でゆかんとす。

みなすさまじげなる気色して、「狂人」と一人いえば、「近きに報いせではやまじ」とほかの一人いうを、戸口にて振りかえりて。「遺恨に思うべきことかは、月影にすかして見よ、額に血のあとはとどめじ。吹きかけしは水なれば」。

中

あやしき少女の去りてより、ほどなく人々あらけぬ。帰り路にエキステルに問えば、「美術学校にて雛形となる少女の一人にて、『フロイライン』ハンスルというものなり。見たまいしごとく奇怪なる振舞いするゆえ、狂女なりともいい、またほかの雛形娘と違いて、人に肌見せねば、かたわにやというもあり。その履歴知るものなけれど、教えありて気象よの常ならず、けがれたる行いなければ、美術諸生の仲間には、喜びて友とするもの多し。よき首なることは見たもうごとし」と答えぬ。巨勢、「わが画かくにもようあるべきものなり。『アトリエ』とのわん日には、来よと伝えたまえ」。

エキステル、「心得たり。されど十三の花売り娘にはあらず、裸体の研究、危うしとはおもわずや」。巨勢、「裸体の雛形せぬ人と君もいいしが」。エキステル、「現にいわれたり。されど男と接吻したるも、きょうはじめて見き」。エキステルがこの言葉に、巨勢は赤うなりしが、街灯暗き「シルレル、モヌメント」のあたりなりしかば、友は見ざりけり。巨勢が「ホテル」の前にて、二人は袂をわかちぬ。

一週ほどののちのことなりき。エキステルが周旋にて、美術学校の「アトリエ」一間を巨勢に借されぬ。南に廊下ありて、北面の壁は硝子の大窓に半ばを占められ、隣の間とのへだてにはただ帆木綿の幌あるのみ。ころはみな月半ばなれば、旅だちし諸生多く、隣に人もあらず、業ふせぐべき憂いなきを喜びぬ。巨勢は画額の架の前に立ちて、いま入りし少女に「ロオレライ」の画を指さし示して、「君に聞かれしはこれなり。おもしろげに笑いたわぶれたもうときは、さしもおもわれねど、おりおり君がおも影の、ここなる未成の人物にいとふさわしきときあり」。

少女は高く笑いて。「物忘れしたもうな。おん身が『ロオレライ』の本の雛形、すみれ売りの子はわれなりとは、先の夜も告げしものを」。かくいいしがにわかに色を正して。「おん身はわれを信じたまわず、げにそれも無理ならず。世の人はみなわれを狂女なりといえば、さおもいたもうならん」。この声戯れとは聞えず。

巨勢は半信半疑したりしが、忍びかねて少女にいう、「あまりに久しくさいなみたもうな。いまもわが額に燃ゆるは君が唇なり。はかなき戯れとおもえば、しいて忘れんとせしこと、幾度か知らねど、迷いはついに晴れず。あわれ君がまことの身の上、苦しからずは聞かせたまえ」。

窓のもとなる小机に、いま行李より出したる旧き絵入新聞、つかいさしたる油えの具の錫筒、粗末なる煙管にまだ巻煙草の端の残れるなどのせたるその片はしに、巨勢はつら杖つきたり。少女は前なる籐の椅子に腰かけて、語りいでぬ。

「まず何事よりか申さん。この学校にて雛形の鑑札受くるときも、ハンスルという名にて通したれど、そはわが真の名にあらず。父はスタインバハとて、いまの国王に愛でられて、ひととき栄えし画工なりき。わが十二のとき、王宮の冬園に夜会ありて、二親みな招かれぬ。宴たけなわなるころ、国王見えざりければ、人々驚きて、移し植えし熱帯艸木いやがうえに茂れる、硝子屋根のもと、そこかここかと捜しもとめつ。園の片隅にはタンダルチニスが刻める、ファウストと少女との名高き石像あり。わが父のそのあたりに来たりしとき、胸裂くるようなる声して、『助けて、助けて』と叫ぶものあり。声をしるべに、黄金の穹窿おおいたる、『キオスク』（四阿屋）の戸口に立ち寄れば、周囲に茂れる棕櫚の葉に、ガス灯の光ささえられたるが、濃き五色にてえがきし、窓硝子を洩りてさしこみ、薄暗くあやしげなる影をなしたるうちに、一人の女の逃げんとすもうを、ひかえたるは王なり。その女のおもて見しときの、父が心はいかなりけん。かれはわが母なりき。父はあまりのことに、しばしたゆたいしが、『許したまえ、陛下』と叫びて、王を推し倒しつ。そのひまに母は走りのきしが、不意を打たれて倒れし王は、起き上りて父に組みつきぬ。肥えふとりて多力なる国王に、父はいかでか敵し得べき、組み敷かれて、かたわらなりし如露にてしたたか打たれぬ。このこと知りていさめし、内閣の秘書官チイグレルは、ノイシュワンスタインなる塔に押しこめらるるはずなりしが、救う人ありて助けられき。われはその夜家にありて、二親の帰るを待ちしに、下女来て父母帰りたまいぬという。喜びて出で迎うれば、父舁かれて帰り、母はわれを抱きて泣きぬ」

　少女はしばらく黙しつ。けさより曇りたる空は、雨になりて、おりおり窓を打つ雫、はらはらと音す。巨勢いう。「王の狂人となりて、スタルンベルヒの湖に近き、ベルヒという城にうつされたまいしことは、きのう新聞にて読みしが、さてはそのころよりかかることありしか」。

　少女は語をつぎて。「王の繁華の地を嫌（きら）いて、鄙に住まい、昼寝（い）ねて夜起きたもうは、久しきほどのことなり。ドイツ、フランスの戦いありしとき、カトリック派の国会に打ち勝ちて、プロシア方につきし、王が中年のいさおは、次第に暴政の噂（うわさ）におおわれて、おおやけにこそ言うものなけれ、陸軍大臣メルリンゲル、大蔵大臣リイデルなど、故（ゆえ）なくして死刑に行われんとしたるを、その筋にて秘めたるは、誰知らぬものなし。王の昼寝したもうときは、近衆みなしりぞけられしが、囈語（うわごと）にマリイということ、あまたたびいいたもうを聞きしもありという。わが母の名もマリイといいき。望みなき恋は、王の病を長ぜしにあらずや。母はかおばせわれに似たるところありて、その美しさは宮のうちにて類（たぐい）なかりきと聞きつ」。

「父はまもなく病みて死にき。交（まじ）わり広く、もの惜しみせず、世事にはきわめてうとかりければ、家に遺財つゆばかりもなし。それよりダハハウエル街の北のはてに、裏屋の二階あきたりしを借りて住みしが、そこにうつりてより、母も病みぬ。かかるときにうつろうものは、人の心の花なり。数知らぬ苦しきことは、わがおさなき心に、早く世の人を憎ましめき。あくる年の一月、謝肉祭のころなりき、家財衣類なども売りつくして、日々の煙も立てかぬるようになりしかば、貧しき子供の群れに入りてわれも菫花売ることを覚えつ。母のみまかる前、三日四日のほどを安く送りしは、おん身の賜なりき」

「母のなきがら片づけなどするとき、世話せしは、一階高くすまいたる裁縫師なり。あわれなる孤ひとりおくべきにあらずとて、迎え取られしを喜びしこと、いまおもいだしても口惜しきほどなり。裁縫師には、娘二人ありて、いたく物ごのみして、みずから衒うさまなるを見しが、迎え取られてより伺えば、夜に入りてしばしば客あり。酒など飲みて、はては笑いののしり、また歌いなどす。客は外国の人多く、おん国の学生なども見えしようなりき。ある日主人われにも新しき衣着よといいしが、そのおりその男のわれを見て笑いし顔、なんとなく怖ろしく、子供心にもうれしとはおもわざりき。午すぎしころ、四十ばかりなる知らぬ人来て、スタルンベルヒの湖水へ往かんというを、主人もともにすすめき。父の世に在りしとき、伴われてゆきし嬉しさ、なおお忘れざりしかば、しぶしぶうべないつるを、『かくてこそよき子なれ』とみなほめつ。連れなる男は、途にてやさしくのみ扱いて、かしこにては『バワリア』という座敷船に乗り、食堂にゆきて物食わせつ。酒もすすめぬれど、そは慣れぬものなれば、いなみて飲まざりき。ゼエスハウプトに船はてしとき、その人はまた小舟を借り、これに乗りて遊ばんという。暮れゆくそらに心細くなりしわれは、はやかえらんといえど、聴かずして漕ぎ出で、岸辺に添いてゆくほどに、人げ遠き葦間に来りしが、男は舟をそこにとめつ。わが年はまだ十三にて、初めは何事ともわきまえざりしが、のちには男の顔色もかわりておそろしく、われにもあらで、水に躍り入りぬ。しばしありてわれにかえりしときは、湖水のほとりなる漁師の家にて、貧しげなる夫婦のものに、介抱せられていたりき。帰るべき家なしといいはりて、一日二日と過すうちに、漁師夫婦の質朴なるになじみて、不幸なるわが身の上を打ち明けしに、あわれがりて娘として養いぬ。ハンスルというは、この漁師の名なり」

「かくて漁師の娘とはなりぬれど、弱き身には舟の櫂とることもかなわず、レオニのあたりに、富めるイギリス人の住めるに雇われて、小間使になりぬ。カトリック教信ずる養父母は、イギリス人に使わるるを嫌いぬれど、わが物読むことなど覚えしは、かの家なりし雇女教師の恵みなり。女教師は四十あまりの処女なりしが、家の娘のたかぶりたるよりは、われを愛すること深く、三年がほどに多くもあらぬ教師の蔵書、ことごとく読みき。ひがよみはさこそ多かりけめ。またふみの種類もまちまちなりき。

クニッゲが交際法あれば、フンボルトが長生術あり。ギョオテ、シルレルの詩抄半ばじゅしてキョオニヒが通俗の文学史をひもとき、あるはルウヴル、ドレスデンの画堂の写真絵、繰りひろげて、テエヌが美術論の訳書をあさりぬ」

「去年イギリス人一族をひきいて国に帰りしのちは、しかるべき家に奉公せばやとおもいしが、身元よからねば、ところの貴族などには使われず。この学校のある教師に、はしなくも見いだされて、雛形勤めしが縁になりて、ついに鑑札受くることとなりしが、われを名高きスタインバハが娘なりとは知る人なし。いまは美術家の間に立ちまじりて、ただおもしろくのみ日を暮せり。されどグスタアフ・フライタハはさすがそらごといいしにあらず。美術家ほど世に行儀あしきものなければ、ひとり立ちて交わるには、しばしも油断すべからず。寄らず、さわらぬようにせばやとおもいて、はからず見たもうごとき不思議の癖者になりぬ。おりおりはわが身、みずからも狂人にはあらずやと疑うばかりなり。これにはレオニにて読みしふみも、少し祟りをなすかとおもえど、もしさらば世に博士と呼ばるる人は、そもそもいかなる狂人ならん。われを狂人とののしる美術家ら、おのれらが狂人ならぬを憂えこそすべきなれ。英雄豪傑、名匠大家となるには、多少の狂気なくてはかなわぬことは、ゼネカが論をも、シェエクスピアが言をも待たず。見たまえ、わが学問のひろきを。狂人にして見まほしき人の、狂人ならぬを見る、その悲しさ。狂人にならでもよき国王は、狂人になりぬと聞く、それも悲し。悲しきことのみ多ければ、昼は蟬（せみ）とともに泣き、夜は蛙（かわず）とともに泣けど、あわれという人もなし。おん身のみはつれなくあざみ笑いたまわじとおもえば、心のゆくままに語るをとがめたもうな。ああ、こういうも狂気か」

下

定めなき空に雨やみて、学校の庭の木立のゆるげるのみ曇りし窓の硝子をとおして見ゆ。少女（おとめ）が話聞く間、巨勢が胸には、さまざまの感情戦いたり。あるときはむかし別れし妹にあいたる兄の心となり、あるときは廃園にたおれ伏したるウェヌスの像に、ひとり悩める彫工の心となり、あるときはまた艶女（えんにょ）に心動かされ、われは堕（お）ちじと戒むる沙門（しゃもん）の心ともなりしが、聞きおわりしときは、胸さわぎ肉ふるいて、われにもあらで、少女が前にひざまずかんとしつ。少女はつと立ちて「この部屋の暑さよ。はや学校の門（かど）もささるるころなるべきに、雨も晴れたり。おん身とならば、おそろしきこともなし。ともにスタルンベルヒへ往きたまわずや」とそばなる帽取りていただきつ。

そのさま巨勢がともに行くべきを、つゆ疑わずとおぼし。巨勢はただ母にひかるる稺子(おさなご)のごとく従いゆきぬ。

門前にて馬車雇いて走らするに、ほどなく停車場に来ぬ。きょうは日曜なれど、天気あしければにや、近郷よりかえる人も多からで、ここはいと静かなり。新聞の号外売る婦人あり。買いてみれば、国王ベルヒの城にうつりて、容体おだやかなれば、侍医グッデンも護衛をゆるめさせきとなり。汽車中には湖水のほとりにあつさ避くる人の、物買いに府に出でし帰るさなるが多し。王の噂いとかまびすし。「まだホオヘンシュワンガウの城にいたまいしときには似ず、心しずまりたるようなり。ベルヒにうつさるる途中、ゼエスハウプトにて水求めて飲みたまいしが、近きわたりなりし漁師らを見て、やさしくうなずきなどしたまいぬ」とだみたることばにて語るは、かいもの籠(かご)手にさげたる老女(おうな)なりき。

車走ること一時間、スタルンベルヒに着きしは夕べの五時なり。かちより往きてよウよう一日ほどのところなれど、はやアルペン山の近さを、ただなにとなく覚えて、このくもらわしき空の気色にも、胸開きて息せらる。車のあちこちと廻(まわ)り来(こ)し、丘陵のたちまち開けたるところに、ひろびろと見ゆるは湖水なり。停車場は西南の隅に在りて、東岸なる林木、漁村はゆう霧に包まれてほのかに認めらるれど、山に近き南の方は一望きわみなし。

　案内(あない)知りたる少女に引かれて、巨勢は右手(めて)なる石段をのぼりて見るに、ここは「バワリア」の庭という「ホテル」の前にて、屋根なきところに石卓(いしづくえ)、椅子(いす)など並べたるが、きょうは雨後なればしめじめと人げ少し。給仕する僕(しもべ)の黒き上衣(うわぎ)に、白の前掛けしたるが、何事をかつぶやきつつも、卓に倒しかけたる椅子を、引き起してぬぐいたり。ふと見れば片側の軒にそいて、つた蔓(かずら)からませたる架(たな)ありて、そのもとなる円卓(まろづくえ)を囲みたるひと群れの客あり。こはこの「ホテル」に宿りたる人々なるべし。男女(なんにょ)うちまじりたる中に、先の夜「ミネルワ」に見し人ありしかば、巨勢は往きてものいわんとせしに、少女おしとどめて。「かしこなるは、君の近づきたもうべき群れにあらず。われは年若き人と二人にて来たれど、愧(は)ずべきはかなたにありて、こなたにあらず。彼はわれを知りたれば、見たまえ、久しく座にえ忍びあえで隠るべし」とばかりありて、かの美術諸生は果してたちて「ホテル」に入りぬ。少女は僕を呼びちかづけて、座敷船はまだ出(い)ずべしやと問うに、僕は飛び行く雲を指さして、この覚束(おぼつか)なきそらあいなれば、もはや出でざるべしという。さらば車にてレオニに行かばやとて言いつけぬ。

馬車来ぬれば、二人は乗りぬ。停車場の傍(かたえ)より、東の岸辺をはしらす。このときアルペンおろしさと吹き来て、湖水のかたに霧立ちこめ、いま出でしほとりをふりかえり見るに、次第次第に鼠色になりて、家の棟(むね)、木のいただきのみひときわ黒く見えたり。御者(ぎょしゃ)ふりかえりて、「雨なり。母衣(ほろ)おおうべきか」と問う。「否」とこたえし少女は巨勢に向いて。「ここちよのこの遊びや。むかしわが命うしなわんとせしもこの湖の中なり。わが命拾いしもまたこの湖の中なり。さればいかでとおもうおん身に、真心うちあけてきこえんもここにてこそと思えば、かくは誘いまつりぬ。『カッフェエ、ロリアン』にて恥ずかしき目にあいけるとき、救いたまわりし君をまた見んとおもう心を命にて、幾歳(いくとせ)をか経にけん。さきの夜『ミネルワ』にておん身が物語り聞きしときのうれしさ、日ごろ木のはしなどのようにおもいし美術諸生の仲間なりければ、人あなずりして不敵の振舞いせしを、はしたなしとや見たまいけん。されど人生いくばくもあらず。うれしとおもう一弾指(だんし)の間に、口張りあけて笑わずば、のちにくやしくおもう日あらん」。かくいいつつかぶりし帽を脱ぎすてて、こなたへふり向きたる顔は、大理石脈(だいりせきみゃく)に熱血おどるごとくにて、風に吹かるる金髪は、首(こうべ)うち振りて長く嘶(いば)

ゆる駿馬の鬣に似たりけり。「きょうなり、きょうなり。きのうありてなにかせん。あすも、あさてもむなしき名のみ、あだなる声のみ」。

このとき、二点三点、粒太き雨は車上の二人が衣を打ちしが、またたくひまにしげくなりて、湖上よりの横しぶき、あららかにおとずれ来て、紅をさしたる少女が片頬に打ちつくるを、さしのぞく巨勢が心は、ただそらにのみやなりゆくらん。少女は伸びあがりて、「御者、酒手を取らすべし。疾く駆れ。一策加えよ、いま一策」と叫びて、右手に巨勢が頸をいだき、おのれは項をそらせて仰ぎ視たり。巨勢は絮のごとき少女が肩に、わが頭を持たせ、ただ夢のここちしてその姿を見たりしが、かの凱旋門上の女神バワリアまた胸に浮かびぬ。

国王の棲めりというベルヒ城のもとに来しころは、雨いよいよはげしくなりて、湖水のかたを見わたせば、吹き寄する風一陣々、濃淡の竪縞おりだして、濃きところには雨白く、淡きところには風黒し。御者は車をとどめて、「しばしがほどなり。あまりに濡れて客人も風や引きたまわん。また旧びたれどもこの車、いたく濡らさば、主人のいかりにあわん」といいて、手早く母衣うちおおい、また一鞭あてて急ぎぬ。雨なおおやみなくふりて、神おどろおどろしく鳴りはじめぬ。路は林の間に入りて、この国の夏の日はまだ高かるべきころなるに、木下道ほの暗うなりぬ。夏の日に蒸されたりし草木の、雨にうるおいたるかおり車の中に吹き入るを、渇したる人の水飲むように、二人は吸いたり。鳴神のおとの絶え間には、おそろしき天気に怯れたりとも見えぬ「ナハチガル」鳥の、玲瓏たる声ふりたててしばなけるは、さびしき路をひとりゆく人の、ことさらに歌うたう類にや。このときマリイは諸手を巨勢が項に組み合せて、身のおもりを持たせかけたりしが、木蔭を洩る稲妻に照らされたる顔、見合せて笑みを含みつ。あわれ二人はわれを忘れ、わが乗れる車を忘れ、車の外なる世界をも忘れたりけん。

林を出でて、阪路を下るほどに、風村雲を払いさりて、雨もまたやみぬ。湖の上なる霧は、重ねたる布を一重、二重とはぐごとく、束の間に晴れて、西岸なる人家も、また手にとるように見ゆ。ただここかしこなる木下蔭を過ぐるごとに、梢に残る露の風に払われて落つるを見るのみ。

レオニにて車をおりぬ。左に高くそばだちたるは、いわゆるロットマンが岡にて、「湖上第一勝」と題したる石碑の建てるところなり。右に伶人レオニが開きぬという、水に臨める酒店あり。巨勢が腕にもろ手からみて、すがるようにして歩みし少女は、この店の前に来て岡の方をふりかえりて、「わが雇われしイギリス人の住みしは、この半腹（はんぷく）の家なりき。老いたるハンスル夫婦が漁師小屋も、もはや百歩がほどなり。われはおん身をかしこへ、伴わんとおもいて来しが、胸騒ぎて堪えがたければ、この店にて憩（いこ）わばや」。巨勢はげにもとて、店に入りて、夕餉（ゆうげ）誂うるに、「七時ならではととのわず、まだ三十分待ち給わではかなわじ」という。ここは夏の間のみ客あるところにて、給仕する人もその年々に雇うなれば、マリイを識（し）れるもなかりき。

少女はつと立ちて、桟橋（さんばし）につなぎし舟を指さし、「舟漕ぐことを知りたもうか」。巨勢、「ドレスデンにありしとき、公園のカロラ池にて舟漕ぎしことあり、よくすというにあらねど、君ひとりわたさんほどのこと、いかでなし得ざらん」。少女、「庭なる椅子は濡れたり。さればとて屋根のもとは、あまりに暑し。しばしわれをのせて漕ぎたまえ」。

巨勢は脱ぎたる夏外套を少女にきせて小舟（おぶね）に乗らせ、われは櫂（かい）取りて漕ぎ出でぬ。雨はやみたれど、天（そら）なお曇りたるに、暮色は早く岸のあなたに来ぬ。さきの風にゆられたるなごりにや、枻（かい）たたくほどの波はなおありけり。岸に沿いてベルヒの方へ漕ぎ戻すほどに、レオニの村落果つるあたりに来ぬ。岸辺の木立絶えたるところに、真砂（まさご）

路の次第に低くなりて、波打ちぎわに長椅子すえたる見ゆ。蘆の一叢舟に触れて、さわさわと声するおりから、岸辺に人の足音して、木の間を出ずる姿あり。身の長六尺に近く、黒き外套を着て、手にしぼめたる蝙蝠傘を持ちたり。左手に少し引きさがりてしたがいたるは、鬚も髪もみな雪のごとくなる翁なりき。さきなる人はうつむきて歩み来ぬれば、ふち広き帽に顔隠れて見えざりしが、いま木の間を出でて湖水の方に向い、しばし立ちとどまりて、片手に帽をぬぎ持ちて、うち仰ぎたるを見れば、長き黒髪を、後ろざまにかきて広き額をあらわし、面の色灰のごとく蒼きに、くぼみたる目の光は人を射たり。舟にては巨勢が外套を背に着て、うずくまりいたるマリイ、これも岸なる人を見いたりしが、このときにわかに驚きたるごとく、「彼は王なり」と叫びて立ちあがりぬ。背なりし外套は落ちたり。帽はさきにぬぎたるまま、酒店におきて出でぬれば、乱れたるこがね色の髪は、白き夏衣の肩にたおたおとかかりたり。岸に立ちたるは、まことに侍医グッデンを引きつれて、散歩に出でたる国王なりき。あやしき幻の形を見るごとく、王は恍惚として少女の姿を見てありしが、たちまち一声「マリイ」と叫び、持ちたる傘投げすてて、岸の浅瀬をわたり来ぬ。少女は「あ」と叫びつつ、そのまま気をうしないて、巨勢がたすくる手のまだ及ばぬまにたおれしが、かたぶく舟のひと揺りゆらるるとともに、うつ伏せになりて水におちぬ。湖水はこのところにて、次第次第に深くなりて、勾配ゆるやかなりければ、舟のとどまりしあたりも、水は五尺に足らざるべし。されど岸辺の砂は、ようよう粘土まじりの泥となりたるに、王の足は深くおちいりて、あがき自由ならず。そのひまにしたがいたりし翁は、これも傘投げすてて追いすがり、老いても力や衰えざりけん、水を蹴りて二足三足(ふたあしみあし)、王の領首(えりくび)むずと握りて引き戻さんとす。こなたは引かれじとするほどに、外套は上衣とともに翁が手に残りぬ。翁はこれをかいやり棄てて、なおも王を引き寄せんとするに、王はふりかえりて組みつき、かれこれたがいに声だにたてず、しばし揉(も)み合いたり。

これただ一瞬間のことなりき。巨勢は少女がおつるとき、わずかに裳(も)をつかみしが、少女が蘆間隠(あしまがく)れの杙(くい)に強く胸を打たれて、沈まんとするを、ようように引き揚げ、汀(みぎわ)の二人が争うをあとに見て、もと来し方へ漕ぎ返しつ。巨勢はただいかにもして少女が命助けんと思うのみにて、ほかに及ぶにいとまあらざりしなり。レオニの酒店の前に来しが、ここへは寄らず、これより百歩がほどなりと聞きし、漁師夫婦が苫屋(とまや)をさして漕ぎゆくに、日もはや暮れて、岸には「アイヘン」、「エルレン」などの枝しげりあい広ごりて、水は入江の形をなし、蘆にまじりたる水草に、白き花の咲きたるが、ゆう闇にほの見えたり。舟には解けたる髪の泥水にまみれしに、藻屑かかりてたおれふしたる少女の姿、たれかあわれと見ざらん。おりしも漕ぎくる舟に驚きてか、蘆間を離れて、岸のかたへ高く飛びゆく蛍あり。あわれ、こは少女が魂のぬけいでたるにはあらずや。

しばしありて、いままで木影に隠れたる苫屋の灯見えたり。近寄りて、「ハンスルが家はここなりや」とおとなえば、かたぶきし簷端の小窓開きて、白髪の老女、舟をさしのぞきつ。「ことしも水の神の贄求めつるよ。主人はベルヒの城へきのうより駆りとられて、まだ帰らず。手当して見んとおもいたまわば、こなたへ」と落ちつきたる声にていいて、窓の戸ささんとしたりしに、巨勢は声ふりたてて、「水におちたるはマリイなり、そなたのマリイなり」という。老女は聞きもおわらず、窓の戸をあけ放ちたるままにて、桟橋のほとりに馳せ出で、泣く泣く巨勢をたすけて、少女を抱きいれぬ。

入りて見れば、半ば板敷にしたるひと間のみ。いま火をともしたりと見ゆる小「ランプ」竈の上に微かなり。四方の壁にえがきたる粗末なる耶蘇一代記の彩色画は、煤につつまれておぼろげなり。藁火焚きなどして介抱しぬれど、少女はよみがえらず。巨勢は老女と屍のかたわらに夜をとおして、消えてあとなきうたかたのうたてき世をかこちあかしつ。

ときは耶蘇暦千八百八十六年六月十三日の夕べの七時、バワリア王ルウドウィヒ第二世は、湖水におぼれて殂せられしに、年老いたる侍医グッデンこれを救わんとて、ともに命をおとし、顔に王の爪痕をとどめて死したりという、おそろしき知らせに、翌る十四日ミュンヘン府の騒動はおおかたならず。街の角々には黒縁取りたる張り紙に、この訃音を書きたるありて、そのもとには人の山をなしたり。新聞号外には、王の屍見いだしつるおりの模様に、さまざまの臆説つけて売るを、人々争いて買う。点呼に応ずる兵卒の正服つけて、黒き毛植えたるバワリア盔いただける、警察吏の馬にのり、または徒立ちにて馳せちがいたるなど、雑沓いわんかたなし。久しく民に面を見せたまわざりし国王なれど、さすがにいたましがりて、憂いを含みたる顔も街に見ゆ。美術学校にもこの騒ぎにまぎれて、新たに入りし巨勢がゆくえ知れぬを、心にかくるものなかりしが、エキステル一人は友の上を気づかいいたり。

六月十五日の朝、王の柩のベルヒ城より、真夜中に府にうつされしを迎えて帰りし、美術学校の生徒が「カッフェエ、ミネルワ」に引き上げしとき、エキステルはもしやと思いて、巨勢が「アトリエ」に入りて見しに、彼はこの三日がほどに相貌変りて、著るく痩せたるごとく、「ロオレライ」の図のもとにひざまずきてぞいたりける。

国王の横死の噂におおわれて、レオニに近き漁師ハンスルが娘一人、おなじときに溺れぬということ、問う人もなくてやみぬ。

食前酒「異国食餌抄」

岡本かの子

夕食前の小半時、巴里のキャフェのテラスは特別に混雑する。一日の仕事が一段落ついて、今少しすれば食慾三昧の時が来る。それまでに心身の緊張をほぐし、徐ろに食慾に呼びかける時間なのだ。どのテーブルにもアペリチーフの杯を前にした男女が仲間とお喋りするか、煙草の煙を輪に吹きながら往来を眺めたりしている。フランス人特有の身振の多い饒舌の中にも、この時許りはどこかに長閑さがある。アペリチーフは食慾を呼び覚ます酒——男は大抵エメラルド・グリーンのペルノーを、女は真紅のベルモットを好む。新鮮な色彩が眼に、芳醇な香が鼻に、ほろ苦い味が舌に孰れも魅力を恣にする。

午後七時になるとレストラントの扉が一斉に開く。誰が決めたか知らない食道法律が、この時までフランス人の胃腑に休息を命じている。

フランス人は世界中で一番食べ意地の張った国民である。一日の中で食事の時間を何より大切な時間と考えている。傍で見ていると、何とも云えず幸福そうに見える。それは味覚の世界に陶酔している姿に見える。恐らく大革命の騒ぎの最中でも、世界大戦の混乱と動揺の中でも、食事の時だけはこういう態度を持ち続けたであろう。

巴里のレストラントを一軒一軒食べ歩くなら、半生かかっても全部廻れないと人は云っている。いくらか誇張的な言葉かとも聞えるが、或は本当かも知れない。日本では震災後、東京に飲食店が夥しく殖えたが、それは飲食店開業が一番手早くて、どうにかやって行けるからだと聞いた。然し巴里のレストラントの数は東京の比ではない。それは東京に於けるような経済的理由からではなくて、もっと他に深い理由がありはしないだろうか。兎に角中流以下のレストラントには必ず何人かの常客がいて、毎日同じテーブルに同時間に同じ顔を見ることが出来る。私のような外国人でも二三日続けて行くと「あなたのナプキンを決めましょうか」と聞く。ナプキンを決めておけば食事毎にその洗濯代として二十五サンチームぐらいの小銭を支払わなくても済むからである。

ルクサンブルグ公園にある上院の正門の筋向いにあって、議場の討論に胃腑を空にした上院議員の連中が自動車に乗る面倒もなく直ぐ駈けつけることの出来るレストラン・フォワイヨ、マデレンのくろずんだ巨大な寺院を背景として一日中自動車の洪水が渦巻いているプラス・ド・マデレンの一隅にクラシックな品位を保って慎ましく存在するレストラン・ラルウ、そこから程遠くないグラン・ブールヴァルの裏にある魚料理で名を売っているレストラン・プルニエール、セーヌ河を距ててノートルダムの尖塔の見える鴨料理のツールダルジャン等一流の料理屋から、テーブルの脚が妙にガタつき縁のかけたちぐはぐの皿に曲ったフォークで一食五フラン（約四十銭）ぐらいの安料理を食べさせる場末のレストラントまで数えたてたら、巴里のレストラントは一体何千軒あるか判らない。

　牛の脊髄のスープと云ったような食通を無上に喜ばせる洒落た種類の料理を食べさせる一流の料理店から葱のスープを食べさせる安料理屋に至るまで、巴里の料理は値段相当のうまさを持っている。たとえ、一皿二フランの肉の料理でも、十分に食慾と味覚は満足させてくれる。

　所謂美食に飽きた食通がうまいものを探すのは中流の料理屋に於てである。巴里の料理屋にはどこにも必ずその家の特別料理（スペシャリテ）と称するものが二三種類ある。美食探険家はこういう中流料理屋のスペシャリテの中に思わぬ味を探し当てることがあるという。

巴里に行った人で一度はレストラン・エスカルゴの扉を排しないものはないであろう。エスカルゴとは蝸牛のことで、レストラン・エスカルゴは蝸牛料理で知られている店である。この店も一流料理屋の列に当然加わるべき資格を持っている。

一体蝸牛は形そのものが余りいい感じのものではない。而もその肉は非常にこわくて弾力性に富んでいる。これを食べるには余程の勇気がいる。フランス人に云わせれば牡蠣だって形は感じのいいものではない。ただ牡蠣は水中に住み、蝸牛は地中に住んでいるだけの相違だ。人間が新しい食物に馴れるまでには蝸牛に対するのと同じ気味悪さを経験したに違いないと主張する。云われて見ればそうかも知れないが、日本人にとっては無気味此上もないものである。

蝸牛はどれでもこれでも食べられるのではなくて、レストラン・エスカルゴ等で食べさせるのはブルゴーニュという地方で産するものである。この地方に産するものが一番旨いものとされている。

食用蝸牛の養殖は一寸面倒な事業だそうである。その養殖場には日蔭をつくるための樹林と湿気を呼ぶ苔とが必要である。市場に売り出すものは子供でなくてはならないので、一年に一度子供を親から別居させなければならない。そして蝸牛の需要は秋から冬にかけてであるため、その頃になると蝸牛は土の中にもぐってしまうから、養殖者は丁度芋を掘るように木の棒で掘り出さなければならない。掘り出したものは何度も何度も洗ったり泥を吐かせたりしなければならぬ。寒い季節になると巴里の魚屋の店頭にはこうして産地から来た蝸牛が籠の中を這い廻っている。

蝸牛料理にまだ一種類しかない。それは蝸牛の肉を茹でて軟かくしたものを上等のバタと細かく刻んだ薄荷とをこね合せたものと一緒にして殻に詰めるだけのことである。然しこの簡単な料理にもなかなか熟練を要するという。蝸牛の季節には巴里のレストラントのメニュウには大抵それが載っている。或る養殖家の話では巴里で一年に食べられる蝸牛の数は約七千万匹で、それを積み重ねると巴里の凱旋門よりも高くなるというから大したものである。

蛙を食べ始めたのもフランス人だと聞いた。食用蛙は近来日本でも養殖されるが、本場のフランスに於てさえまだなかなか普遍的な食物とはなっていないようだ。その点から云えば蛙より蝸牛の方が遥かに優っている。蛙料理は上等のバタでフライにしてトマトケチャップをかけて食べる。上等のバタを使うので、出来上りがねっとりしていて些か無気味に感ぜられる。蛙は寧ろラードのようなものでからりと揚げた方があっさりしていてよくはないだろうか。

蛙や蝸牛などのグロテスクなものを薄気味悪い思いをしてまで食べなくとも、巴里には甘い料理がいくらもある。

ラングストと云っている大きな蝦の味は忘れかねる。これは地中海で獲れる蝦で、塩茹にしてマヨネーズソースをつけて食べる。伊勢蝦よりもっと味が細かい。芝蝦より稍々大きいラングスチンと呼ぶ蝦は鋏を持っている。鋏を持っている蝦は一寸形が変っていて変だが、これがまたなかなかうまい。殊にオリーブ油で日本式の天麩羅にするといい。

日本は四方海に囲まれているから海の幸は利用し尽している筈だが、たった一つフランスに負けていることがある。それは烏貝がフランス程普遍的な食物になっていないことだ。日本では海水浴場の岩角にこの烏貝が群っていて、うっかり踏付けて足の裏を切らないよう用心しなければならない。あんなに沢山ある貝が食べられないものかと子供の時によく考えたことだが、それがフランスへ行って、始めて子供の時の不審を解決することが出来た。烏貝はフランス語でムールと云う。このムールのスープは冬の夜など夜更しして少し空腹を感じた時食べると一等いい。

日本に始めて渡来した西洋料理がポークカツレツ——通称トンカツであったかどうかは知らないが、西洋にいても日本人はよくこのトンカツを食べたがる。ところがこのトンカツなるものが西洋の何処へ行っても一向見当らないので失望する人が多い。イギリスのレストラントへ行ってメニュウを探して見るとポークカツレツというのがあるから、喜んで注文するとそれはわれわれの予期するカツレツではなくて日本の所謂ポークケチャップであった。トンカツは英語と考えている人があると見える。倫敦(ロンドン)で会った人の話に、その人もトンカツを英語とばかり思っていたので、レストラントへ行ってトンカツレツをくれと云ったがどうしても通じないで非常に弱ったそうだ。

トンカツに巡り会わない日本人はようやくその代用品を見つけて、衣を着た肉の揚物に対する執着を充たすだけで我慢しなければならぬ。それは犢の肉のカツレツである。フランスではコトレツ・ミラネーズと云い、ドイツではウヰンナー・シュニッツレルと云う。

フランス人はその名の示すようにこの料理を伊太利ミラノのコトレツと考え、ドイツ人は墺太利の首府ウヰーンの料理と考えているらしい。差当ってこの両都市で本家争を起すべきである。コトレッ・ミラネーズとウインナー・シュニッツレルの異るところは前者は伊太利風のマカロニかスパゲチを付け合せとして居り、後者が馬鈴薯を主な付け合せとしていることで、そこに両本家の特色を表わしている。

ウィスキー「夜の車」

永井荷風

　夜ふけの町を徘徊する自動車の、酔客をいざない載せて、不当の賃銭をむさぼり取るを世の人呼びて、朦朧自動車となすは、嘗て吉原帰りの客を待つ人力車夫の、心よからぬものに名づけたる名なりしを、そのまま移し用いたるものなりとか。さるにても日に日に世の中のかわり行くさま、亥年の大地震この方更に激しくなり行きしは、市内一台一円の札さげたる自動車の流行に、人力車は色町を芸者の乗りあるく外、今は全く市中に跡を断ちたるにても知らるべし。過ぎし世に、猪牙舟または四手駕籠に乗り馴れしちょん髷の年寄供、新しき世と共につくり出されし人力車を好まず、徒に雲助のホイホイとよぶ掛声、さては河水の小舷うつ音、さては艪の軋るひびきをのみなつかしきものに言いなせるを聞きては、頑迷固陋の旧弊人よと嘲り笑いしわれ等も、年と共にいつしか老い来れば、身は世のならわしに従いて自動車に乗るといえども、或は衝突し、或は人を轢き殺す危険をのみ慮りて、兎角に人力車の安全この上なかりしことを思返すこそ笑止の沙汰とは謂うべけれ。さてもわれ等の遠道をいとわず、盛に車はしらせしは二十の頃、北は吉原東は洲崎の廓に浮かれ遊びし時ぞかし。中引過ぎての帰りには、五十軒より土手のあたりは、かの朦朧組の悪車夫が網を張るところと聞知りしほどに、道を阪本に取りて帰らむとすれば、土手を下りて大音寺前あたりまではすたすたと歩きつづけ、又浅草の方に出ようとする時は、馬道あたりまで来かかりて後、同じ道をば空車ひきゆく車夫の面相、提灯の印と共によくよく見定めて、オイオイ車屋、どうせ帰り道なら安く載せて行けと、それより一二町が間は歩みながら、賃銭の掛合をするこそ気の長いはなしなりけれ。或夜いつもの如く大音寺前は通過ぎて、三島神社の角まで来かかりしに、つめたいものの顔にあたるを、雨かと見れば雪なるに、猶更おどろき、賃銭の掛合もそれなりにして、それじゃ酒手はやらねえから言値で乗ろうと言うに、年頃はもう五十あまりの老車夫、ようございますとて直様梶棒をおろし、わが乗るを待ちて幌かけながら、旦那、今夜はつもりますぜ。蹴込にあん火があります。下駄をぬいで足をお載せなせえましと言いながら、綿入の鯉口半纏をぬいで、毛布の上より更にわが膝を包んでくれる深切も、過ぎては却て場所柄だけに気味わるく、やがて増銭ねだる下心ではないかと、用心しながら乗って行くに、阪本通より山下の暗いところも無事に過ぎ、広小路より御成道へ来かかりても、提灯の蠟燭つぎ替えようとも言わず、次第に吹きまさる吹雪の中をせっせと駈けつづけるは、よくよく達者な親爺と見えたり。稍安心すると共に、飯田町なるわが家まではまだなかなかの道のりと思へば、気の毒になりて、雪も大分つもったようだが、何ならその辺で帰りの車の見つかり次第、乗り替えて行ってもいいぜと言えば、ナニお前さん夜業(よなべ)をすれば毎晩のこと。天気を気にしていたら商売はできません。ダガ、お見掛け申したところ、まだお若いのによく気のつきなさる方だ。とこれが話のはじまりにて、小川町より神保町を過ぎ、九段下へ来かかるまで、雪の中を走りながら、老車夫がかたりつづける身の上ばなし。そう申しては、ぶしつけなれど、お見かけ申したところ、内の倅も丁度旦那くらいの年格恰。麴町三丁目のさる御店(おたな)へ奉公に上っていましたが、若気の無分別から、今じゃ暗い処へ行っています。そのわけは新宿の辰相模という店の女と深い仲になり、お店の金をつかい込んだところへ、身受の客がつき、どうでも別れなければならぬはめになったので、何とやらいう薬を飲むで心中をしたはいいが、女の方ばかりあの世へ行き、倅の方は命が助かったので、生恥を晒した挙句人殺しの罪で、監獄へ送られるという始末。まだ其上に、死んだ女郎には六十になる母親と目の見えない婆さんがあって、娘の仕送りで命をつないでいたが、娘を殺されてからは三度のものにも差しつかえるという話。聞いて見れば打っちゃっても置けず。子を持つ親の心は誰しも同じこと。さぞ伜の事を怨んでいるだろう。わしにも娘があったなら殺されたものの身替りに、勤めをさせてなりと貢いでやりたいとは、心の中で思うばかり。伜一人の外には子のない身はどうにもならず、唯六十の此の年まで、植木屋の日雇職人、一日も休んだ事のない身体一つが何よりの頼みだと、それからは昼のかせぎをしまってから、毎晩夜なべに車をひきはじめました。殺された娘の親達も今では手を合して拝まぬばかり喜んでいますと話す中、いつか来かかるわが家の門前。御苦労だった。これは今のはなしの聞賃。一杯やって行きなさいと、女郎買の糠味噌汁も、時によっては義に感じ情につまされて、墓口の底はたくことも折々ありしは、同じ哀世とはいいながら、人の心のまだまだゆるやかなりし証拠なるべし。その頃には義理といい人情という言葉も、さしてめずらしからず、日常のはなしにも聞く所なりしが、今は芝居の台詞か義太夫の文句の外は耳にすることもなくなりて、月日たつ事早くもここに二三十年。むかしの人力車は自動車となり、その頃の車夫は運転手となりて、夜半の巷に客をいざない、おのれが情婦の許に案内するものさえあるようになりぬと、或人の語るを聞くに、或夜、日比谷の四辻に電車を待ちしが故障のありてや来るべき様子もなく、吹きさらしの寒風忍び難ければ、行過る自動車呼止めて乗りしに、言いつけたる行先とはまるでちがった方へと行くらしきに、オイ、君、どこへ行くのだと問うに、運転手小声にて、今夜は土曜日で御在ます。どうせ、どこかでお遊びになるのなら、面白いところを御紹介致しますが、いかがでしょうと言う。それは大方亀井戸か玉の井辺の事だろうとあざ笑えば、運転手憤然として、そんな平凡な処じゃ有りませぬと云う。では素人家かと又問えば、まアそんなものです。実は若い後家さんで、美人ですが、お金のためばかりでもないのですから、面白かろうと思いますと、次第に好奇の心を起させる勧上手につい載せられながら、併しあんまり遠くでは帰りがこまるからと躊躇えば、ナニついそこです。神田ですからわけはありませぬと言うに、それなら行って見ようと承知して、車の行く道、心して眺めやれば、神田橋をわたって真暗な堀端に新しくかかりたる錦町の橋を左に見て、その頃やっと区画整理が済んだと見ゆる大通り。立続く洋風まがいの商店には、カッフエー自動車屋などの看板は見ゆれど、まだ貸家札の貼ったままの処多く、道の面は掘り返されたままにて、電柱あちこちに突立ち、あたり何となくひっそりとして薄暗く、人通も絶えがちなる曲角に、運転手は車を留め、どうぞと戸を明けながら小声に会釈して、スタスタ先に立って狭い横町に入る故、その後につき従いながら行けば、両側ともに新しき二階建の貸家つづき。冬の夜のことなれば戸は皆締めてあれど、大方はふさがっているらしく、軒並の電灯あかるく、ピアノの音も近くに聞え、支那蕎麦屋も笛吹きながら通る様子。表通よりは却てにぎやかなり。一寸御待ち下さいと先に立ちし運転手、突然立留って、交通巡査の手振りもよろしく此方を見返り、二三軒先なる貸家の間の路地に入りしと見る程もなく、表口の雨戸一枚しずかにあけて、ハイカラに髪結いたる女、軒の火影に厚化粧一際目立ちたる首さし出して、わが佇立む方を眺めやりてすぐに内へと入りしは、あたりを憚りての事なるべしと、そのまま進寄れば、雨戸と共に格子戸も明けたままにて、女は土間に立ち、外はお寒いでしょうと言いながら、わが靴をぬぐ中、雨戸をしめて猿をおろし、さアどうぞこちらへとて、上口の二畳よりすぐに梯子段を上りて案内するは、二階の六畳らしき座敷なり。畳もまだ汚れていず、障子の紙にも破れはなく、天井板より柱まで皆生々しきまで新しければ、どうやら一段明く見ゆる電灯の光に照されて、炬燵にかけし唐縮緬の布団の真赤な模様、なまめかしく何より先に目を射たり。女は年の頃二十四五とも見えし中肉中丈、大島まがいの銘仙に、同じようなる羽織きて、浅葱色無地の半襟の大分よごれたる合せ目より、赤い縁とりたる肌襦袢の襟先ちらと見せ、わざとらしく足袋はかぬ裾前、気のせいか何となくいやらしく見えたるに、女はすぐさま炬燵布団の片端めくりて、火鉢よりも此の方があったかですわ。さアおはいりなさいましと、人より先にべったり坐る様子のなれなれしさ。すこしあきれて外套も着たまま炬燵に胡坐かきつつ見返れば、明けたる襖の間より見えすく次の間、三畳らしき窓の下には既に夜の物さえ敷いてある様子なり。その時、梯子段に跫音して、入らっしゃいましと、紅茶にアメチョコ硝子皿に盛りたるを、盆に載せて持ち来りしを見れば、これは耳かくしに髪結いたる十八九。顔は面長なれど小作りの身体円々とふとりたるに、羽織と共に着物までけばけばしきメレンスづくめ。白粉濃くつけたる様子、女中ではなし。アノ自動車の料金をというに、われは始て心づき、蟇口より五拾銭銀貨二枚出してわたせば、若い女ハイと受取りて降りて行く。その足音聞きすまし、アレは妹さんかときけば、年増の女の早合点。まだ十八なんですヨ。アノ方がよろしいなら、どちらでもと云うは自分とわかい方といずれなりと御遠慮には及ばぬという心なるべし。ナニそういう訳でもないと言えば、そう、では、アノ、済みませぬがと、この度ばかり言いにくそうに口ごもるは、言わずと知れた阿堵物のことなりと思うものから、いくらだと正面から切り出すに、アラ、大抵御存じのくせに。カツフエーだのダンス場だの、何もかも承知していらっしゃるくせにサ。ねえ、あなた。今夜ゆっくりしていらっしゃいヨ。お泊りになっても大丈夫なのよ。お泊りなら隣の家へ行くんですから。隣はおもてに貸家の札が貼ってあるんだから、知れる気づかいはないのよという。そうか、それはうまい趣向だ。隣の空家へはどうして行くのだ。物干台から屋根づたいかと問うに、猫ではあるまいしと女は笑いながら、それでは雨が降る時にこまります。まア鳥渡来て御覧なさいましとわが手を取って、障子の外なる縁側に出で、突当りのひらき戸あけて、三尺の押入の中に入込んで向の戸を押せば、此方と同じつくりなる二階の縁側は即ち隣の空家なり。女は押入の中に立ち、真暗な方より明きこなたを指さし、ホラ、ここから覗くとまる見えでしょう。今に誰か来るからゆっくりなさいましと万事心得顔なるこそ怪しけれ。思えば東京なる都会の暗黒面もいつの間にやら、巴里の裏町に変らぬ有様となりし進化のほど、恐入ったものなり。そもそもかかる陋巷の女どもは、洋書を読んで海外の事情を知りたるにもあらざるに、おのずから裏面の生活の極意を会得して、直に之を実行する事を思えば、地方より出稼ぎの労働者の、東京の地理さえ知らざる先に、早くも露西亜の政治を論ぜむとするも無理ならずと、談話は忽ち時局に遷り来れば、傍なる人のまた言うよう。君の遭いたまいし空家の奇談も、いつぞやわが見たりしものにくらべなば更に不思議とはいわれまじ。やはり夜ふけて乗りたる自動車なり。運転手と背中並べし助手の、帽子は眉深に、外套の襟高く返したれば、十七八の少年とばかり思いいたるに、やがて山の手の人通なき屋敷町へ来かかりし時、運転手俄に便通を催したればとて姿をかくすや、少年の助手、此方に振返り帽子を取りて話しかけるを見れば、少年にはあらで、二十を越したる女の、手にはウイスキーの壜まで持ちたるは、車の中を仮寝の宿にするものと知られたり。おかしからずや、法令の網いよいよ厳密となれば、之を潜るの道いよいよ巧妙となる。荘子も言わずや。弓弩、畢弋、機変の知多ければ、則ち鳥は上に乱れ、鉤餌、網罟、罾笱の知多ければ、則ち魚は水に乱ると。三千年来人の世にかわりはなし。何ぞひとり今の世のさまを見て、わが国をのみ責むるに当らむやと、みなみな語り興じて果ては笑いに終りぬ。

ウィスキーソーダ「彼　第二」

芥川龍之介

一

彼は若い愛蘭土人（アイルランドじん）だった、彼の名前などは言わずとも好い。僕は唯彼の友だちだった。彼の妹さんは僕のことを未だに My brother's best friend と書いたりしている。僕は彼と初対面の時、何（なに）か前にも彼の顔を見たことのあるような心もちがした。いや、彼の顔ばかりではない。その部屋のカミンに燃えている火も、火（ほ）かげの映った桃花心木（マホガニイ）の椅子も、カミンの上のプラトオン全集も確かに見たことのあるような気がした。この気もちは又彼と話しているうちにだんだん強まって来るばかりだった。僕はいつかこう云う光景は五六年前の夢の中にも見たことがあったと思うようになった。しかし勿論（もちろん）そんなことは一度も口に出したことはなかった。彼は敷島（しきしま）をふかし乍ら、当然僕等（ぼくら）の間に起る愛蘭土（アイルランド）の作家たちの話をしていた。

「I detest Bernard Shaw」

僕は彼が傍若無人にこう言ったことを覚えている。それは二人とも数え年にすれば、二十五になった冬のことだった。……

二

僕等は金の工面をしてはカッフエやお茶屋へ出入した。彼は僕よりも三割がた雄の特性を具えていた。或粉雪の烈しい夜、僕等はカッフエ・パウリスタの隅のテエブルに坐っていた。その頃のカッフエ・パウリスタは中央にグラノフォンが一台あり、白銅を一つ入れさえすれば音楽の聞かれる設備になっていた。その夜もグラノフォンは僕等の話に殆ど伴奏を絶ったことはなかった。

「ちょっとあの給仕に通訳してくれ給え。——誰でも五銭出す度に僕はきっと十銭出すから、グラノフォンの鳴るのをやめさせてくれって」

「そんなことは頼まれないよ。第一他人の聞きたがっている音楽を銭づくでやめさせるのは悪趣味じゃないか？」

「それじゃ他人の聞きたがらない音楽を金づくで聞かせるのも悪趣味だよ」

グラノフォンは丁度この時に仕合せとぱったり音を絶ってしまった。が、忽ち鳥打帽をかぶった、学生らしい男が一人、白銅を入れに立って行った。すると彼は腰を擡げるが早いか、ダム何とか言いながら、クルウェットスタンドを投げつけようとした。

「よせよ。そんな莫迦なことをするのは」

僕は彼を引きずるようにし、粉雪のふる往来へ出ることにした。しかし何か興奮した気もちは僕にも全然ない訣ではなかった。僕等は腕を組みながら、傘もささずに歩いて行った。

「僕はこう云う雪の晩などはどこまでも歩いて行きたくなるんだ。どこまでも足の続くかぎりは……」

彼は殆んど叱りつけるように僕の言葉を中断した。

「じゃなぜ歩いて行かないんだ？　僕などはどこまでも歩いて行きたくなれば、どこまでも歩いて行くことにしている」

「それは余りロマンティックだ」

「ロマンティックなのがどこが悪い？　歩いて行きたいと思いながら、歩いて行かないのは意気地なしばかりだ。凍死しても何でも歩いて見ろ……」

　彼は突然口調を変え Brother と僕に声をかけた。

「僕はきのう本国の政府へ従軍したいと云う電報を打ったんだよ」

「それで？」

「まだ何とも返事は来ない」

　僕等はいつか教文館の飾り窓の前へ通りかかった。半ば硝子に雪のつもった、電灯の明るい飾り窓の中にはタンクや毒瓦斯の写真版を始め、戦争ものが何冊も並んでいた。僕等は腕を組んだまま、ちょっとこの飾り窓の前に立ち止まった。

「Above the War —— Romain Rolland ……」

「ふむ、僕等には above じゃない」

　彼は妙な表情をした。それは丁度雄鶏が頸の羽根を逆立てるのに似たものだった。

「ロオランなどに何がわかる？　僕等は戦争の amidst にいるんだ」

　独逸に対する彼の敵意は勿論僕には痛切ではなかった。従って僕は彼の言葉に多少の反感の起るのを感じた。同時に又酔の醒めて来るのも感じた。

「僕はもう帰る」

「そうか? じゃ僕は……」

「どこかこの近所へ沈んで行けよ」

僕等は丁度京橋の擬宝珠の前に佇んでいた。人気のない夜更けの大根河岸には雪のつもった枯れ柳が一株、黒ぐろと澱んだ掘割りの水へ枝を垂らしているばかりだった。

「日本だね、兎に角こう云う景色は」

彼は僕と別れる前にしみじみこんなことを言ったものだった。

三

彼は生憎希望通りに従軍することは出来なかった。が、一度ロンドンへ帰った後、二三年ぶりに日本に住むことになった。しかし僕等は、——少くとも僕はいつかもうロマン主義を失っていた。尤もこの二三年は彼にも変化のない訣ではなかった。彼は或素人下宿の二階に大島の羽織や着物を着、手あぶりに手をかざしたまま、こう云う愚痴などを洩らしていた。

「日本もだんだん亜米利加化するね。僕は時々日本よりも仏蘭西に住もうかと思うことがある。」

「それは誰でも外国人はいつか一度は幻滅するね。ヘルンでも晩年はそうだったんだろう」

「いや、僕は幻滅したんじゃない。illusion を持たないものに disillusion のある筈はないからね」

「そんなことは空論じゃないか？　僕などは僕自身にさえ、——未だに illusion を持っているだろう」

「それはそうかも知れないがね……」

彼は浮かない顔をしながら、どんよりと曇った高台の景色を硝子戸越しに眺めていた。

「僕は近々上海の通信員になるかも知れない」

彼の言葉は咄嗟の間にいつか僕の忘れていた彼の職業を思い出させた。僕はいつも彼のことを唯芸術的な気質を持った僕等の一人に考えていた。しかし彼は衣食する上には或英字新聞の記者を勤めているのだった。僕はどう云う芸術家も脱却出来ない「店」を考え、努めて話を明るくしようとした。

「上海は東京よりも面白いだろう」

「僕もそう思っているがね。しかしその前にもう一度ロンドンへ行って来なければならない。……時にこれを君に見せたかしら？」

彼は机の抽斗から白い天鵞絨の筐を出した。筐の中にはいっているのは細いプラティナの指環だった。僕はその指環を手にとって見、内側に雕ってある「桃子へ」と云う字に頬笑まない訣には行かなかった。

「僕はその「桃子へ」の下に僕の名を入れるように註文したんだけれど」

それは或は職人の間違いだったかも知れなかった。しかし又或はその職人が相手の女の商売を考え、故らに外国人の名前などは入れずに置いたのかも知れなかった。僕はそんなことを気にしない彼に同情よりも寧ろ寂しさを感じた。

「この頃はどこへ行っているんだい？」

「柳橋だよ。あすこは水の音が聞えるからね」

これもやはり東京人の僕には妙に気の毒な言葉だった。しかし彼はいつの間にか元気らしい顔色に返り、彼の絶えず愛読している日本文学の話などをし出した。

「この間谷崎潤一郎の『悪魔』と云う小説を読んだがね。あれは恐らく世界中で一番汚いことを書いた小説だろう」

（何箇月かたった後、僕は何かの話の次手に『悪魔』の作家に彼の言葉を話した。するとこの作家は笑いながら、無造作に僕にこう言うのだった。――「世界一ならば何でも好い！」）

「『虞美人草』は？」

「あれは僕の日本語じゃ駄目だ。……きょうは飯ぐらいはつき合えるかね？」

「うん、僕もそのつもりで来たんだ」

「じゃちょっと待ってくれ。そこに雑誌が四五冊あるから」

彼は口笛を吹きながら、早速洋服に着換え出した。僕は彼に背を向けたまま、漫然とブック・マンなどを覗いていた。すると彼は口笛の合い間に突然短い笑い声を洩らし、日本語でこう僕に話しかけた。

「僕はもうきちりと坐ることが出来るよ。けれどもズボンがイタマシイですね」

四

僕が最後に彼に会ったのは上海の或カッフエだった（彼はそれから半年ほど後、天然痘に罹って死んでしまった)。僕等は明るい瑠璃灯の下にウィスキイ炭酸を前にしたまま、左右のテエブルに群った大勢の男女を眺めていた。彼等は二三人の支那人を除けば、大抵は亜米利加人か露西亜人だった。が、その中に青磁色のガウンをひっかけた女が一人、誰よりも興奮してしゃべっていた。彼女は体こそ痩せていたものの、誰よりも美しい顔をしていた。僕は彼女の顔を見た時、砧手のギヤマンを思い出した。実際又彼女は美しいと云っても、どこか病的だったのに違いなかった。

「何だい、あの女は?」

「あれか? あれは仏蘭西の……まあ、女優と云うんだろう。ニニイと云う名で通っているがね。――それよりもあの爺さんを見ろよ」

「あの爺さん」は僕等の隣に両手に赤葡萄酒の杯を暖め、バンドの調子に合せては絶えず頭を動かしていた。それは満足そのものと云っても、少しも差支えない姿だった。僕は熱帯植物の中からひっきりなしに吹きつけて来るヂャッヅには可なり興味を感じた。しかし勿論幸福らしい老人などには興味を感じなかった。

「あの爺さんは猶太人だがね。上海に彼是三十年住んでいる。あんな奴は一体どう云う量見なんだろう?」

「どう云う量見でも善いじゃないか？」

「いや、決して善くはないよ。僕などはもう支那に飽き飽きしている」

「支那にじゃない。上海にだろう」

「支那にさ。北京にも暫く滞在したことがある……」

僕はこう云う彼の不平をひやかさない訣には行かなかった。

「支那もだんだん亜米利加化するかね？」

彼は肩を聳かし、暫くは何とも言わなかった。僕は後悔に近いものを感じた。のみならず気まずさを紛らす為に何か言わなければならぬことも感じた。

「じゃどこに住みたいんだ？」

「どこに住んでも、――ずいぶん又方々に住んで見たんだがね。僕が今住んで見たいと思うのはソヴィエット治下の露西亜ばかりだ」

「それならば露西亜へ行けば好いのに。君などはどこへでも行かれるんだろう」

彼はもう一度黙ってしまった。それから、――僕は未だにはっきりとその時の彼の顔を覚えている。彼は目を細めるようにし、突然僕も忘れていた万葉集の歌をうたい出した。

「世の中をうしとやさしと思えども飛び立ちかねつ鳥にしあらねば」

僕は彼の日本語の調子に微笑しない訣には行かなかった。が、妙に内心には感動しない訣にも行かなかった。

「あの爺さんは勿論だがね。ニニイさえ僕よりは仕合せだよ。何しろ君も知っている通り、……」

僕は咄嗟に快闊になった。

「ああ、ああ、聞かないでもわかっているよ。お前は『さまよえる猶太人』だろう」

彼はウィスキイ炭酸を一口飲み、もう一度ふだんの彼自身に返った。

「僕はそんなに単純じゃない。詩人、画家、批評家、新聞記者、……まだある。息子、兄、独身者、愛蘭土人、……それから気質上のロマン主義者、人生観上の現実主義者、政治上の共産主義者……」

僕等はいつか笑いながら、椅子を押しのけて立ち上っていた。

「それから彼女には情人だろう」

「うん、情人、……まだある。宗教上の無神論者、哲学上の物質主義者……」

夜更けの往来は靄と云うよりも瘴気に近いものにこもっていた。それは街灯の光のせいか、妙に又黄色に見えるものだった。僕等は腕を組んだまま、二十五の昔と同じように大股にアスファルトを踏んで行った。二十五の昔と同じように――しかし僕はもう今ではどこまでも歩こうとは思わなかった。

「まだ君には言わなかったかしら、僕が声帯を調べて貰った話は？」

「上海でかい？」

「いや、ロンドンへ帰った時に。――僕は声帯を調べて貰ったら、世界的なバリトオンだったんだよ」

彼は僕の顔を覗きこむようにし、何か皮肉に微笑していた。

「じゃ新聞記者などをしているよりも、……」

「勿論オペラ役者にでもなっていれば、カルウソオぐらいには行っていたんだ。しかし今からじゃどうにもならない」

「それは君の一生の損だね」

「何、損をしたのは僕じゃない。世界中の人間が損をしたんだ」

僕等はもう船の灯の多い黄浦江の岸を歩いていた。彼はちょっと歩みをとめ、顋で「見ろ」と云う合図をした。靄の中に仄めいた水には白い小犬の死骸が一匹、緩い波に絶えず揺すられていた。その又小犬は誰の仕業か、頸のまわりに花を持った一つづりの草をぶら下げていた。それは惨酷な気がすると同時に美しい気がするのにも違いなかった。のみならず僕は彼がうたった万葉集の歌以来、多少感傷主義に伝染していた。

「ニニイだね」

「さもなければ僕の中の声楽家だよ」

彼はこう答えるが早いか、途方もなく大きい嚏めをした。

五

ニイスにいる彼の妹さんから久しぶりに手紙の来た為であろう。僕はつい二三日前の夜、夢の中に彼と話していた。それはどう考えても、初対面の時に違いなかった。カミンも赤あかと火を動かしていれば、その又火かげも桃花心木のテエブルや椅子に映っていた。僕は妙に疲労しながら、当然僕等の間に起る愛蘭土の作家たちの話をしていた。しかし僕にのしかかって来る眠気と闘うのは容易ではなかった。僕は覚束ない意識の中にこう云う彼の言葉を聞いたりした。

「I detest Bernard Shaw」

しかし僕は腰かけたまま、いつかうとうと眠ってしまった。すると、――おのずから目を醒ましした。夜はまだ明け切らずにいるのであろう。風呂敷に包んだ電灯は薄暗い光を落している。僕は床の上に腹這いになり、妙な興奮を鎮める為に「敷島」に一本火をつけて見た。が、夢の中に眠った僕が現在に目を醒ましているのはどうも無気味でならなかった。

クラレット「不器用な天使」

堀　辰雄

1

カフエ・シヤノアルは客で一ぱいだ。硝子戸を押して中へ入っても僕は友人たちをすぐ見つけることが出来ない。僕はすこし立止っている。ジヤズが僕の感覚の上に生まの肉を投げつける。その時、僕の眼に笑っている女の顔がうつる。僕はそれを見にくそうに見つめる。するとその女は白い手をあげる。その手の下に、僕はやっと僕の友人たちを発見する。僕はその方に近よって行く。そしてその女とすれちがう時、彼女と僕の二つの視線はぶつかり合わずに交錯する。

そこに一つのテイブルの周りを、三人の青年がオオケストラをうるさそうに黙りながら、取りまいている。彼等は僕を見ても眼でちょっと合図をするだけである。そのテイブルの上には煙りの中にウイスキイのグラスが冷く光っている。僕はそこに坐りながら彼等の沈黙に加わる。

　僕は毎晩、彼等と此処で落ち合っていた。


　僕は二十だった。僕はいままで殆ど孤独の中にばかり生きていた。が、僕の年齢はもはや僕に一人きりで生きていられるためのあらゆる平静さを与えなかった。そして今年の春から夏へ過ぎる季節位、僕に堪えがたく思われたものはなかった。

　その時、この友人たちが彼等と一緒にカフエ・シヤノアルに行くことに僕を誘った。僕は彼等に気に入りたいと思った。そして僕は承諾した。その晩、僕は彼等の一人の槙が彼の「ものにしよう」として夢中になっている一人の娘に会った。

　その娘はオオケストラの間に高らかに笑っていた。彼女の美しさは僕に、よく熟していまにも木の枝から落ちそうな果実のそれを思わせた。それは落ちないうちに摘み取られなければならなかった。

　その娘の危機が僕をひきつけた。

　槙はひどい空腹者の貪慾さをもって彼女を欲しがっていた。彼のはげしい欲望は僕の中に僕の最初の欲望を眼ざめさせた。僕の不幸はそこに始まるのだ。……

突然、一人が彼の椅子の上に反り身になって僕の方をふり向く。そして何か口を動かしている。が、音楽が僕にそれを聞きとらせない。僕は彼の方に顔を近よせる。

「槙は今夜、あの娘(メッチエン)に手紙を渡そうとしているのだ」

彼はすこし高い声でそれを繰り返す。その声で槙ともう一人の友人も僕等の方をふり向く。真面目に微笑する。そしてまた、前のような沈黙に帰ってしまう。僕はひとり顔色を変える。僕はそれを煙草の煙りで隠そうとする。しかし、今まで快く感じられていた沈黙が急に僕には呼吸(いき)苦しくなり出す。ジヤズが僕の咽頭(のど)をしめる。僕はグラスをひったくる。僕はそれを飲もうとする。が、そのグラスの底に見える僕の狂熱した両眼が僕を怖れさせる。僕はもうそれ以上そこに居ることが出来ない。

僕はヴエランダに逃れ出る。そこの薄くらがりは僕の狂熱した眼(まなこ)を冷やす。そして僕は誰からも見られずに、向うの方に煽風機に吹かれている娘をじっと見ていることが出来る。風のために顔をしかめているのが彼女に思いがけない神々しさを与えている。ふと、彼女の顔の線が動揺する。彼女がこちらを向いて笑いだす。一瞬間、僕はヴエランダから彼女をじっと見ている僕を認めて彼女が笑ったのだと信じる。が、僕はすぐ自分の過失に気づく。うす暗いヴェランダに立っている僕の姿は彼女の方からは見える訣がない。彼女は誰かに来いと合図をされたのだろうか。僕はそれが槙ではないかと疑う。彼女は思い切ったようにこちらを向いて歩き出す。

　僕は僕の手を果実のように重く感じる。僕はそれをヴェランダの手すりの上に置く。手すりは僕の手を埃だらけにする。

2

　その夜、疾走している自転車が倒れるように、僕の心は急に倒れた。僕は彼女から僕のあらゆる心の速度を得ていたのだ。それをいま、僕は一度に失ってしまった。僕にはもう自分の力だけでは再び起ち上ることが出来ないように思われるのだ。

「電話ですよ」。母がそう云って僕の部屋に入ってくる。僕は返事をしない。母は僕に叱言を云う。僕はやっと母の顔を見上げる。そして「このままそっとして置いて下さい」。僕は母にそういう表情をする。母は気づかわしげに僕を見て部屋から出て行く。

　夜になっても、僕はもうカフエ・シヤノアルに行こうとしない。僕はもう彼女のところに、友人たちのところに行こうとしない。僕は自分の部屋の中にじっと動かないでいるのだ。そして僕は何もしないためにあらゆる努力をする。僕は机の上に肱をついて、両手で僕の頭を支えている。僕の肱の下には、いつも同じ頁を開いている一冊の本がある。そしてその頁にはこんな怪物が描き出されてある。――彼は自分にも支えられないくらいに重い頭蓋骨を持っている。そしていつもそれを彼のまわりに転がしている。彼はときどき顋(あご)をあけては、舌で、自分の呼吸で湿った草を剝(も)ぎ取る。そして一度、彼は自分の足を知らずに食べてしまう。――そしてこの怪物くらい、僕になつかしく思われるものはなかったのだ。

　しかし人は苦痛の中にそのようにしてより長く生きることは不可能な事だ。僕はそれを知っていた。それなのに、何故、僕は自分をその苦痛から抜け出させようとしないでいたのか。僕は実は自分でもすこしも知らずに待っていたのだ。――彼女の愛しているのが槙ではなくて僕であることを、友人の一人が愕いて僕にそれを知らせにくることを、一つの奇蹟を、僕は待っていたのだ。

　ある夜の明方、僕は一つの夢を見た。僕は槙と二人で、上野公園の中らしい芝生の上にあおむけになって眠っている。ふと僕は眼をさます。槙はまだよく眠っている。

僕は、芝生の向うから、いつの間にか彼女がもう一人のウエイトレスと現われ、何か小声に話しながら、僕等に近づいてくるのを見る。彼女は相手の女に、彼女の愛しているのは実は僕であることを、そして槙が僕の手紙を渡してくれたのかと思ったら、それは槙自身の手紙であったことを話している。そして彼女等は、僕等に少しも気づかずに、僕等の前を通り過ぎる。僕は異常な幸福を感じる。僕は槙をそっと見る。槙はいつの間にか眼をあけている。

「よく眠っていたね」。僕が云う。

「僕がかい？」。槙は変な顔をする。「眠っていたのは君じゃないか」。僕はいつの間にか眼をつぶっている。「そら、また眠ってしまう」。そういう槙の声を聞きながら僕は再びぐんぐんと眠って行く。

それから僕はベッドの上で本当に眼をさました。そしてその夢ははっきりと僕に、自分でも気づかないでいた奇蹟の期待を知らせた。その奇蹟の期待は、再び僕の中に苦痛を喚び起しながら、それによって一そう強まる。そしてそれは夜の孤独の堪えがたさと協力して、無理に僕をカフエ・シヤノアルに引きずって行った。

カフエ・シヤノアル。そこでは何も変っていない。同じような音楽、同じような会話、同じように汚れているテイブル。僕はそういうものの間に、以前と少しも変らない彼女とそれから槙を見出すことを、そして僕一人だけがひどく変っているのであることを欲する。が、すぐ僕は暗い予感を感じる。僕には彼女が僕の眼を避けているとしか見えない。

「なんだ、ばかに悄げているじゃないか」

「どうかしたのかい」

僕は平生のポオズを取ろうと努力しながら、友人に答える。

「ちょっと病気をしていたんだ」

槙が僕を見つめる。そして僕に云う。

「そう云えば、この間の晩、ひどく苦しそうだったな」

「うん」

僕は槙を疑い深そうに見つめる。僕は僕が苦しんでいるのを人に見られることを恐れる。それなのに、自分の傷を自分の指で触って見ずにいられない負傷者の本能から、僕は僕を苦しませているものをはっきりと知りたい欲望を持った。僕は無駄に彼女の顔をさがしてから、再び槙を見つめながら云う。

「どうなったの、あの娘（メッチェン）は？」

「え？」

槙はわざと分らないような顔をして見せる。それから急に顔をしかめるように微笑をする。するとそれが僕の顔にも伝染する。僕は自分が自分の意志を見失い出すのを感じる。

突然、友人の声がその沈黙を破る。

「槙はやっとあいつを捕まえたところだ」

それから別の声がする。

「今朝が最初の媾曳（ランデブウ）だったのさ」

今まで経験したことのない気持が僕を引ったくる。僕はそれが苦痛であるかどうか分らない。友人はしきりに口を動かしている。しかし僕はもうそれからいかなる言葉も聞きとらない。僕はふと、僕の顔の上にまださっき伝染した微笑の漂っているのを感じる。それは僕自身にも実に思いがけないことだ。しかし僕はそういう自分自身の表面からも僕が非常に遠ざかってしまっているのを感じる。それによって潜水夫のように、僕は僕の沈んでいる苦痛の深さを測定する。そして海の表面にぶつかりあう浪の音が海底にやっと届くように、音楽や皿の音が僕のところにやっと届いてくる。

僕は出来るだけアルコオルの力によって浮き上ろうと努力する。

「彼は孔のように食む」

「彼は苦しそうだ」

「彼の唇はふるえている」

「何が彼を苦しめているのだ」

僕は少しずつ浮き上って行きながら、漸くそういう友人たちの気づかわしそうな視線に対して可感になる。しかし彼等はすっかり僕を見抜いていない。僕は彼等に僕が病気であることを信じさせるのに成功する。僕はもう彼女の顔をさがすだけの気力すらない。


カフエ・シヤノアルを出て友人等と別れると、僕は一人でタクシイに乗る。僕は力なく揺すぶられながら、運転手の大きな肩を見つめる。あたりが急に暗くなる。近道をするために自動車は上野公園の森の中を抜けて行くのである。「おい」。僕は思わず運転手の肩に手をかけようとする。それが急に槙の大きな肩を思い起させたからである。しかし僕の重い手は僕の身体を殆ど離れようとしない。僕の心臓は悲しみでしめつけられる。ヘッドライトが芝生の一部分だけを照らし出す。その芝生によって、今朝の夢が僕の中に急によみがえる。夢の中の彼女の顔が、僕の顔に触れるくらい近づいてくる。しかし、その顔は僕を不器用に慰める。

3

真夏の日々。

太陽の強烈な光は、金魚鉢の中の金魚をよく見せないように、僕の心の中の悲しみを僕にはっきりと見せない。そして暑さが僕のあらゆる感覚を麻痺させる。僕には僕のまわりを取りまいているものが何であるか殆どわからない。僕はただフライパンの臭いと洗濯物の反射と窓の下を通る自動車の爆音の中にぼんやりしている。

が夜がくると、僕には僕の悲しみがはっきりと見え出す。一つずつ様々な思い出がよみがえってくる。公園の番になる。するとそれだけが急に大きくなって行って、他のすべての思い出は、その後ろに隠されてしまう。僕はこの思い出を非常に恐れている。そしてそれを僕から離そうとして僕は気狂のようにもがき出す。

僕は何処でもかまわずに歩く。僕はただ自分の中に居たくないために歩く。彼女や友人たちからばかりでなく、僕自身からも遠くに離れている事が僕には必要なのである。僕はあらゆる思い出を恐れ、又、僕に新しい思い出を持ってくるような一つの行為をすることを恐れる。そのために僕は僕自身の影で歩道を汚すより他のことは何もしようとしない。

或夜、黄色い帯をしめた若い女が、僕を追いこしながら、僕に微笑をして行く。僕はその女の後を、一種の快感をもって追って行く。が、その女が或る店の中に入ってしまうと、僕は彼女を少しも待とうとしないでそこを歩き去る。僕はすぐその女を忘れる。それから二三日して、僕は再び群集の中に黄色い帯をしめた若い女が歩いているのを認める。僕は足を早める。が、その女に追いついて見ても、僕にはもうそれが二三日前の女かどうか分らなくなっている。そしてそれほどぼんやりしている自分自身を見出すことは、僕の悲しみに気に入るのである。

時々、歩道に面した小さな酒場が僕を引っぱりこむ。煙りでうす暗くなっているその中で、僕は僕のテイブルを煙草の灰や酒の汚点（しみ）できたなくする。そしてしまいにはその汚れたテイブルが、僕に、その晩中僕の影のよごしていた長い長い歩道を思い出させる。僕は非常な疲れを感じる。僕はそこを出ると、すぐタクシイに飛びこみ、それからベッドに飛びこむ。そして僕は石のように眠りの中に落ちて行くのである。

或夜、僕は群集の中を歩きながら、向うから来る一人の青年をぼんやりと見つめていた。するとその青年は僕の前に立止った。それは僕の友達の一人だった。僕は突然笑い出しながら彼の手を握った。

「なんだ、君か」

「おれを忘れたのかい」

「ああ、すっかり忘れちゃった」

僕はわざと快活そうに言った。しかし僕は、彼を見ていながら、彼と気づかなかったことが、それほど僕のぼんやりしていることが、彼を悲しませているらしいのを見逃さなかった。

「どうして俺たちのところに来なかったのだ」

「僕は誰にも会わなかったのだ。誰にも会いたくなかったのだ」

「ふん……じゃ、槙のことも知らないな」

「知らないよ」

するとと彼は一言も云わずに黙って歩き出した。僕は彼がこれから槙について話そうとしていることが、再び僕の心を引っくり返すにちがいないのを予感した。しかし、僕は犬のように彼に従いて行った。

「あの女は天使だったのさ」

彼はその天使と云う言葉を軽蔑するように発音した。

「槙はあの女を連れてよく野球やシネマに出かけて行ったのだ。最初、あの女は槙の言葉で云うと、とても蠱惑的(シャルマン)だったのだそうだ。ところが、槙が一度婉曲に、女に一しょに寝る事を申込んだのだ。すると女が急に彼に対する態度を一変してしまった。そしてそれからの女の冷淡さと言ったら、槙を死ぬように苦しませたほどだった。一体あの女は、男の心を少しも知らないのか、それとも男を苦しませることが好きなのか、どっちだかわからない。あいつは生意気なのか、馬鹿なのか、どっちかだ。――おい、ウイスキイ！　君は？」

「僕はいらないよ」。僕は頭をふった。僕はそれを他人の頭のように感じた。

「それから」。僕の友人は続けた。「槙は突然何処かに行ってしまったのだ。どうしたのかと思っていたら、昨日、ひょっくり帰ってきやがった。一週間ばかり神戸へ行っていて、毎日バアを歩き廻っては、あいつの膨脹した欲望をへとへとにさせていたんだそうだ。もうすっかり腹の虫が納まったような顔をしている。あいつは思ったより実際派（リアリスト）だな」。

僕は僕の頭の中がだんだん蜜蜂のうなりで一ぱいになるのを感じながら、友人の話を黙って聞いていた。僕はその間、時々、友人の顔を見上げた。それは僕に、さっき群集の中でその顔を見つめながら、彼だと気づかなかったほどぼんやりしていた僕自身を思い出させ、それから僕をそれほどにしていた僕の苦痛の全部を思い出させた。

4

その数日前から、僕は少しも彼女の顔を思い出さないように、自分を慣らしていた。それが僕に彼女はもう無いものと信じさせていた。が、それは自分の部屋の乱雑に慣れてそれを少しも気にしなくなり、多くの本の下積みになっているパイプをもう無いものと信じているようなものであった。その本を取りのける機会は、その下にパイプを発見させる。

そのようにして、再び僕の前に現れた彼女は、その出現と同時に、彼女に対する僕の以前と少しも異らない愛を僕の中によみがえらせた。僕の理性はしかし、僕と彼女との間に、一度傷つけられた僕の自負心を、あらゆる苦痛の思い出を、堆積した。それにもかかわらず、それらのものを通して、一つの切ない感情が、彼女の本当に愛しているのはやはり僕だったのではないかという疑いが、僕の中に浸入して来るのである。それは愛の確実な徴候だ。そしてそれを認めることによって、僕はどうしても、自分の病気から離れられない病人の絶望した気持を経験した。

時間は苦痛を腐蝕させる。しかしそれを切断しない。僕は寧ろ手術されることを欲した。その僕の性急さが、僕一人でカフエ・シヤノアルに彼女に会いに行くという大胆な考えを僕に与えたのである。

僕は始めて入った客のようにカフエの中を見まわす。僕を見て珍らしそうに笑いかける見知ったウエイトレスの顔のいくつかが、僕の探しているものから僕の眼を遮る。僕の眼はためらいながら漸っとそれらの間に彼女を見出す。彼女は入口に近いオオケストラ・ボツクスによりかかっている。その不自然な姿勢は僕に、僕の入って来たのを知りながら彼女はまだそれに気づかない風をしているのだと信じさせる。僕は手術される者が不安そうに外科医の一つ一つの動作を見つめるように、彼女の方ばかりを見ている。

突然オオケストラが起る。彼女はそっとボックスを離れる。そして僕を見ずに僕の方に何気なさそうに歩いてくる。そして僕から五六歩のところで、すこし顔を上げる。彼女の眼が僕の眼にぶつかる。すると彼女は急に微笑を浮べながら、そのまま歩きにくそうに、僕に近よってくる。そして僕の前に黙って立止まる。僕も黙っている。黙っていることしか出来ない。

手術の間の息苦しい沈黙。

僕は彼女の手を見つめているばかりだ。あまり強く見つめているので、眼が疲れて来たせいか、その手が急にふるえているように見える。すると眩暈(めまい)が僕の額を暗くし、混乱させ、それから漸く消えて行く。

「あら、煙草の灰が落ちましたわ」

手術の終ったことを知らせる彼女の微妙な注意。

僕の手術の経過は全く奇蹟的だ。彼女の顔が急に生き生きと、信じられないほど大きい感じで僕の前に現れ、もはやそこを立去らない。それは、クロオズアップされた一つの顔がスクリインからあらゆるものを消してしまうように、槙の存在、僕の思い出の全部、僕の未来の全部を、僕の前から消してしまう。これは真の経過であるか、それとも一時的な経過に過ぎないのか。しかし、そんなことは僕にはどうでもよい。僕の前にあるのは、唯、彼女の大きく美しい顔ばかりだ。そしてその他には、その顔が僕の中に生じさせる、もはやそれ無しには僕の生きられないような、一種の痛々しい快感があるだけである。

僕は再び毎晩のようにカフエ・シヤノアルに行き出している自分自身を発見する。僕の友人は今はもう誰もここへは来ない。それは反って僕に、友人たちの間にいた時には僕に全く欠けていた大胆さを起させ、そしてそれが僕の行動を支配した。

そして彼女は――

或夜、僕が註文した酒を待っていた間、丁度彼女が隣りの客の去ったあとのテイブルを片づけていたことがあった。その時、僕はじっと彼女を見ながら、彼女が非常にゆるやかな手つきで、殆ど水の中の動作のように、皿やナイフを動かしているのを発見した。その動作のゆるやかさは僕に見つめられ、僕に愛されていることの敏感な意識からおのずから生れてくるように思われた。僕はそのゆるやかさを何か超自然的なものに感じ、僕が彼女から愛されていることを信じずにはいられなかった。

別の夜、一人のウエイトレスが僕に言う。

「あなた方のなさること、私達にはわからないわ」

その女が「あなた方」と言うのは明らかに僕や槇たちのことを意味しているらしかった。しかし僕は故意にそれを僕と彼女とのことだと取った。僕はその女が金歯を光らせて笑ったのが厭だった。僕はその女を軽蔑して、何も返事をしないでいた。

そういう風にして、微妙な注意の下に、僕が彼女から愛の確証を得つつある間、僕はときどきは発作的な欲望にも襲われるのであった。彼女のしなやかな手足は僕に、それらと僕の手足とをネクタイのように固く結びつける快感を予想させた。そして僕は彼女の歯を、それと僕の歯とがぶつかって立てる微かな音を感ぜずには、見ることが出来なくなった。

槙が彼女と一しょに公園やシネマに出かけていたことが、思い出すごとに僕に苦痛を与えずにはおかないその思い出そのものが、同時に僕にその空想の可能性を信じさせるのであった。僕はそれをどういう風に彼女に要求したらいいか？　僕は槙の方法を思い出した。愛の手紙による方法。しかしその不幸な前例は僕を迷信的にした。僕は他の方法を探した。そして僕はその中の一つを選んだ。機会を待っている方法。

最もよい機会。僕のグラスがからっぽになる。僕はウエイトレスを呼ぶ。彼女が僕のところに来ようとする。それと同時に、他のウエイトレスもまた僕のところに来ようとする。二人はすぐそれに気づいて、微笑しながら、ためらいあう。その時、彼女が思い切ったように僕の方に歩き出す。そういう彼女が僕に思いがけない勇気を与える。

「クラレット！」。僕は彼女に言う。「それからね……」。

彼女は僕のテイブルから少し足を離しかけて、そのまま彼女の顔を僕に近づける。

「明日の朝ね、公園に来てくれない。一寸君に話したいことがあるんだ」

「そうですの……」

彼女はすこし顔を赤らめながら、それを僕から遠のかせる。そして足をすこし踏み出していた以前の姿勢に返ると、そのまま顔を下にむけて行ってしまう。僕は、よく馴れた小鳥をそれが又すぐ戻ってくるのを信じながら自分の手から飛び立たせる人のような気軽さをもって待っている。果して、彼女は再びクラレットを持って来る。僕は彼女に眼で合図をする。

「九時頃でいいの」

「ああ」

僕と彼女はすこし狡そうに微笑しあう。それから彼女は僕のテイブルを離れて行く。

僕はカフエ・シヤノアルを出ると、それから明日の朝までの間をどうしていたらいいのか全く分らなかった。僕にはその間が非常に空虚なように思われた。僕は少しも睡眠を欲しがらずにベッドに入った。ふと槙の顔が浮んできた。が、すぐ彼女の顔がその上に浮んで、狡そうに笑いながら、それを隠してしまった。それから僕はほんの少しの間眠った。――そして僕がベッドから起き上ったのは、まだ早朝だった。僕は家中を歩きまわり、誰にでもかまわず大声で話しかけ、そして殆ど朝飯に手をつけようとしなかった。僕の母は気狂のように僕を扱った。

5

漸く彼女が来る。

僕はステッキを落しながらベンチから立上る。僕の心臓は強く鼓動する。僕には彼女の顔が正確に見えない。

僕は再び彼女と共にベンチに腰を下す。僕は彼女の傍にいることにいくらか慣れる。僕は彼女の顔をはじめて太陽の光によって見るのであることに気づく。それは電気の光でいつも見てばかりいた顔と少し異うように見える。太陽は彼女の頰に新鮮な生な肉を与えている。

僕はそれを感動して見つめる。彼女は僕にそんなに見つめられるのを恐れているように見える。しかし彼女は注意深くしている。彼女は殆ど身動きをしない。そしてときどき軽い咳をする。僕はたえず何か喋舌っている。僕は沈黙を欲しながら、それを恐れている。僕の欲しているのは、彼女の手を握りながら、彼女の身体に僕の身体をくっつけていることのみが僕等に許すであろう沈黙だからだ。

僕は僕自身のことを話す。それから友達のことを話す。そしてときどき彼女のことを尋ねる。しかし僕は彼女の返事を待っていない。僕はそれを恐れるかのように、又、僕自身のことを話しはじめる。そして僕の話はふと友達のことに触れる。突然、彼女が僕をさえぎる。

「槙さんたちは私のことを怒っていらっしゃるの？」

彼女の言葉がいきなり僕から僕の局部を麻痺させていた薬を取り去る。

僕は前に経験したことのある痛みが僕の中に再び起るのを感じる。僕はやっと、あれから槙には自分も会わないと答える。そして僕は呼吸の止まるような気がする。僕はもう一言も物が云えない。その僕の烈しい変化にもかかわらず、彼女は前と同じように黙っている。そういう彼女が僕にはひどく冷淡なように思われる。そのうちに彼女は、だんだん不自然になってくる沈黙を僕がどうしようともしないのを見て、それを彼女の力で破ろうと努力し出す。しかしそのためには、僕が黙り込んでしまってから妙に目立って来た彼女の軽い咳を、不器用に利用する事しか出来ない。

「こんなに咳ばかりしていて。私、胸が悪いのかしら」

僕は彼女を急に感傷的(センチメンタル)に思い出す。僕には彼女の心臓が硬いのか、脆いのか、分らなくなる。僕はただ、ひどい苦痛の中で、彼女の結核菌が少しずつ僕の肺を犯して行く空想を、一種の変な快感をもって、しはじめる。

彼女は彼女の努力を続けている。

「昨夜(ゆうべ)、店をしまってから、私、犬を連れて、この辺まで散歩に来たのよ。二時頃だったわ。ずいぶん真暗だったわ。そうしたら誰だか私の後をつけてくるの。でもね、私の犬を見たら、何処かへ行ってしまったわ。それはとても大きな犬なんですもの」

僕はすっかり彼女のするままになっている。彼女はどうにかこうにか僕の傷口に薬をつけ直し、それをすっかり繃帯で結わえてしまう。そして僕は、彼女と共にいる快さが、彼女と共にいる苦痛と、次第に平衡し出すのを感じる。

一時間後、僕等はベンチから立上る。僕は彼女の着物の腰のまわりがひどく皺になっているのを見つける。そのベンチのために出来た皺は僕の幸福を決定的にする。

僕等は別れる時、明日の午後、活動写真を見に行く事を約束する。

翌日、僕は自動車の中から、公園の中を歩いている彼女を認める。僕の小さな叫びは自動車を急激に止めさせる。僕は前に倒れそうになりながら、彼女に合図をする。それから自動車は彼女を乗せて、半廻転をしながら走り出し、一分後には、午後なので殆ど客の入っていない、そしてウエイトレスの姿だけのちらと見えるシャノアルの前を通り過ぎる。この小さな冒険は臆病な僕等に気に入る。

シネマ・パレス。エミル・ヤニングスの「ヴァリエテ」。僕はその中に入りながら、人工的な暗闇の中に彼女を一度見失う。それから僕は僕のすぐ傍に彼女らしいものを見出す。しかし僕はそれが彼女であることをはっきり確めることが出来ない。そのために、彼女の手を探し求めながら僕の手はためらう。そして、僕の眼はといえば実物より十倍ほどに拡大された人間の手足が取りとめもなくスクリインの上に動いているのを認めるばかりだ。

彼女は地下室のソオダ・フアウンテンでソオダ水を飲みながら、僕にエミル・ヤニングスを讃美する。何というすばらしい肩。そう言って、彼女はヤニングスが殺人の場面を彼の肩のみで演じたのを僕に思い出させようとする。その時僕の眼に浮んだのは、しかしヤニングスの肩ではなく、それに何処か似ている槙の肩である。僕はふと、六月の或日、槙と一しょに町を散歩していたときの事を思い出す。僕は彼が新聞を買っているのを待ちながら、一人の女が僕等の前を通り過ぎるのを見ていた。その女は僕を見ずに、槙の大きな肩をじっと見上げながら、通り過ぎて行った。……その思い出の中でいつかその見知らない女と彼女とが入れ代ってしまう。僕はその思い出の中で彼女が槙の肩をじっと見つめているのを見る。そして僕は、彼女がいま無意識のうちにヤニングスの肩と槙の肩をごっちゃにしているのだと信じる。しかし僕は不公平でない。僕は槙の肩を実にすばらしく感じる。そしてそのどっしりした肩を自分の肩に押しつけられるのを、彼女が欲するように、僕も欲せずにはいられなくなる。

僕はもはや僕が彼女の眼を通してしか世界を見ようとしないのに気づく。我々の心がネクタイのように固く結び合わされるとき我々に現われて来る一つの徴候。それは気を失わせるような苦痛をいつも伴っている。

僕は、もう僕の中にもつれ合っている二つの心は、どちらが僕のであるか、どちらが彼女のであるか、見分けることが出来ない。

6

僕等が別れようとした時、彼女は、

「いま何時？」と僕に訊いた。僕は腕時計をしている手を出した。彼女は眼を細めながらそれをのぞきこんだ。僕はその表情を美しいと思った。

僕は、一人になってから暫くすると、急にその腕時計を思い浮べた。僕は歩きながら、僕の父から貰った金がもうすっかり無くなってしまっていることを考えていた。僕は自分で何とかして小遣を少しこしらえなければならなかった。僕は先ず、こういう場合に何度も売払った僕の多くの本のことを思い浮べた。しかし本はもう殆ど僕のところには残っていなかった。僕が突然僕の腕時計を思い浮べたのは、この時であった。

しかし僕はこういうものを金に替えるにはどうしたらいいか知らなかった。僕はそういう事に慣れている友人の一人を思い出した。僕はそれを彼に頼むために思い切って彼のアパアトメントに行く事にした。

僕は、顔を石鹼の泡だらけにして髭を剃っているその友人を、彼の狭苦しい部屋の中に見出した。彼の傍には、僕の知っているもう一人の友人が椅子によりかかって、パイプから大きな煙りを吐き出していた。それからもう一人、壁の方を向いて、ベッドの上に大きな袋のようになって寝ころがっているものがあった。僕にはそれが誰だか分らなかった。

「誰だい」

「槙だよ」

僕等の声を聞いて彼は身体をこちらに向き変えた。

「おお、君か」。彼は薄眼をあけながら僕を見た。

僕は神経質な、怒ったような眼つきで槙を見つめかえした。僕は彼と随分長く会わなかったことを思った。しかし、僕と彼女との昨日からの行動がもう彼等に知れ渡っていて、それが皮肉に僕の前に持ち出されはしないかという不安が、そういう一切の感情を僕から奪い去った。しかし三人ともメランコリツクに黙ってはいたが、その沈黙には、僕に対するそういう非難めいたものは少しも感じられなかった。僕はそれをすぐ見抜いた。すると僕は大胆になって、以前のままの親密な気持を彼等に再び感じながら、槙の寝ころがっているベッドのふちに腰を下した。

しかし僕には以前と同じように槙を見ることが出来なかった。僕の槙を見る視線には、どうしても彼女の視線がまじって来るのだった。僕は彼の顔にうっとり見入りながら、それを強く妬まずには居られないのである。僕は、そういう僕の中の動揺を彼等から隠すために、新しい仮面の必要を感じた。僕は煙草に火をつけ、僕の顔の上に微笑をきざみつけながら、思い切って言った。

「この頃どうしているの？　もうシヤノアルには行かないの？」

「うん、行かない」。槙はすこし重苦しく答えた。それから友人の方に急に顔を向けて、「あんなところよりもっと面白いところがあるんだな」。

「ジジ・バアか」。友人は剃刀を動かしながら、それに応じた。

僕のはじめて聞いたバアの名前。僕の想像は、そこを非常に猥褻な場所のように描き出す。僕はそういう「悪所」を、彼の中に鬱積している欲望を槙が吐き出すためには一番ふさわしい場所のように思った。そして僕は、どこまでも悲しそうにしている自分自身に比べて、彼のそういう粗暴な生き方を、ずっと強く見出した。そして僕は何か彼に甘えたいような気持になった。

「今夜もそこへ行くの？」

「行きたいんだが、金がないんだ」

「お前ないか」。剃刀が僕をふり向く。

「僕もないよ」

僕はその時、僕の腕時計を思い浮べた。僕は彼等に愛らしく見える事を欲した。

「これを金にしないか」

僕はその腕時計を外して、それを槙に渡した。

「これあ、いい時計だな」

そう言いながら、僕の腕時計を手にとって見ている槙を、僕は少女のような眼つきで、じっと見つめていた。

十時頃、ジジ・バアの中へ僕等は入って行った。入って行きながら、僕は椅子につまずいて、それを一人の痩せた男の足の上に倒した。僕は笑った。その男は立上って、僕の腕を摑まえようとした。槙が横から男の胸を突いた。男はよろめいて元の椅子に尻をついた。そして再び立上ろうとするのを、隣りの男に止められた。男は僕等を罵った。僕等は笑いながら一つの汚ないテイブルのまわりに坐った。するとそこへ薄い半透明な着物をきた一人の女が近づいて来た。そして僕と槙との間に無理に割り込んで坐った。

「飲むかい」。槙は自分のウイスキイのグラスを女の前に置いた。

女はそのグラスを手に持とうとしないで、それを透かすように見ていた。友人の一人が一方の眼をつぶり、他方の眼を大きく開けながら、皮肉そうに彼等を僕に示した。僕は眼たたきをしてそれに答えた。

その女はどこかシヤノアルの女に似ていた。その類似が僕を非常に動かした。しかし、それは僕に複製の写真版を思い起させた。この女の細部の感じは後者と比べられないくらい粗雑だった。

女はやっとウイスキイのグラスを取上げて、一口それを飲むと、再び槙の前に置きかえした。槙はその残りを一息に飲み干した。女はだんだん露骨に槙に身体をくっつけて行きながら、彼を上眼でにらんだり、唇をとがらしたり、顎（あご）を突き出したりした。そういう動作はその女に思いがけない魅力を与えた。それが僕の前で、シヤノアルの女の内気な、そのため冷たいようにさえ見える動作と著しい対照をなした。僕はこの二人が何処か似ているようで実は何処も似ていないことを、つまり二人は全てを除いて似ているのであることを知った。そして僕はそこに槙の現在の苦痛を見出すような気がした。

その槙の苦痛が僕の中に少しずつ浸透してきた。そしてそこで、僕と彼と彼女のそれぞれの苦痛が一しょに混り合った。僕はこの三つのものが僕自身の中で爆発性のある混合物を作り出しはしないかと恐れた。

偶然、女の手と僕の手が触れ合った。

「まあ冷たい手をしていることね」

女は僕の手を握りしめた。僕はそれにプロフエシヨナルな冷たさしか感じなかった。しかし僕の手は彼女の手によって次第に汗ばんで行った。

槙が僕のグラスにウイスキイを注いだ。それが僕によい機会を与えた。僕は女から無理に僕の手を離しながら、そのグラスを受取った。しかし僕はもうこれ以上に酔うことを恐れている。僕は酔って槙の前に急に泣き出すかも知れない自分自身を恐れている。そして僕はわざと僕のグラスをテイブルの上に倒してしまった。

一時過ぎに僕等はジジ・バアを出た。僕等の乗ったタクシは僕等四人には狭かった。僕は無理に槙の膝の上に乗せられた。彼の腿は大きくてがっしりとしていた。僕は少女のように耳を赤らめた。槙が僕の背中で言った。

「気に入ったかい」

「ちぇっ、あんなとこが……」

僕は彼の胸を肱で突いた。その時、僕は頭の中にジジ・バアの女の顔をはっきりと浮べた。すると一しょにシヤノアルの女の顔も浮んできた。そしてその二つの顔が、僕の頭の中で、重なり合い、こんがらかり、そして煙草の煙りのように拡がりながら消えて行った。僕は僕が非常に疲れているのを感じた。僕は何の気なしに指で鼻糞をほじくり出した。僕はその指がまだ白粉でよごれているのに気づいた。

紹興酒「秦淮の夜」

谷崎潤一郎

午後五時半に一旦石板橋南の宿屋へ帰って来たが、今夜は月がいい筈だし、何だか此の儘宿屋の二階にくすぶって居るのは惜しいような心地がする。あの秦淮(しんわい)の河岸通りを、もう一遍見たくてたまらないので、一とっ風呂浴びてから、又案内者を雇って俥(くるま)を二台云いつける。

「でも御飯の支度が出来て居りますが、召し上ってからになすっては如何でございます」

女中はそう云って、此れから何処へ行くのか知らんと眼を円くして居る。

「いや、飯は表で食うからいい。今夜は一つ支那料理をたべに行くのだ」

私は委細構わず洋服に着かえて二階の梯子段を下りて行った。

「旦那、今夜は支那料理でございますか」と、案内者は私の顔を見てニコニコする。

案内者と云うのは三十七八の愛嬌のいい、日本語の巧な支那人である。何でも近々に日本へ渡って陶器商を始めるのだそうだが、日本人の性質をよく呑み込んだ、気転の利いた男である。今度の支那旅行で私はいつも案内者の不親切と横着とに不快を感じたけれど、此の支那人の案内者だけは特別であった。多少文字の素養もあるし、土地の生れだけに此の辺の伝説や口碑にも通じているから、無智な日本人のガイドとは比較にならない。それに客の方でも相手が支那人だと下らない気がねをする必要もなく、馬鹿な遊びをしたりするには却て便利である。支那人だからと云って悉く不正直な人間ばかりでもないのだから、宿屋の世話で信用の出来る人物を見附けてくれさえすれば、案内者は支那人に限るように思う。

「支那料理屋は何処にいたしましょう。此の近辺にもないことはございませんが、……」

「此の近辺では面白くない、もう一遍秦淮の方へ行って見ようじゃないか」

やがて二台の俥は、案内者を先に立てて宿屋の前の大通りを南へ真直ぐに走って行った。

もう表はすっかり日が暮れて居る。日本の町と違って、支那では北京でも南京でも夜になると非常に淋しい。電車も走らず街灯もともっていない街路はひっそりと静まり返り、厚い壁や石造りの塀で囲った、窓と云うものの一つも見えない、狭い戸口にぴったりと板戸を鎖した家々からは、一点の灯影さえも洩れては来ない。東京の銀座通りのような繁華な町でも、大概六時か七時になれば多くの商店は店を閉じてしまうのである。まして此の宿屋の近所はしもうた家ばかりであるから、ようよう六時を過ぎたほどだのに、人気のない往来が真夜中のように森閑として居る。月はまだ上っていないようであるが、生憎空には乱雲がところどころに流れているから、予期したような月夜の景色は見られそうもない。我々の乗った俥の音が、ごとんごとんと鈍い音を立てて四隣の寂寞を破っている外には、（支那の人力車にはゴム輪の車台はめったにないのである。）たまに一頭立の馬車が戛々と蹄を鳴らしてやって来るばかり。が、その馬車の明りも纔かに地上を一尺ほど照らすだけで、箱の中は真暗である。擦れ違いさまに、闇の中で硝子戸がぴかりと光ったかと思うと其儘通り過ぎてしまう。

俥は盧政牌楼の四つ角を左へ折れて、いよいよ暗い淋しい路へ這入って行った。両側に大きく壁の剝げ落ちた煉瓦塀が聳えて居て、それが何遍も何遍もジグザグに折れ曲って居る中を、俥も同じように折れ曲りつつ走って行く。どうかすると、両方から壁が我々を挟み打ちにしそうに迫って来て、もう少しで壁に衝き当りはしないかと危ぶまれる。こんな所で置き去りにでもされたらば、私は一と晩かかっても宿屋へ帰れやしないだろう。壁が尽きてしまうと、今度はぽこりと空地がある。それが四角な壁と壁との間に、歯が抜けたような工合に拡がって居る。そうして焼跡の如く瓦礫が磊々(らいらい)と積み重って居たり、沼とも古池とも分らない水溜りになって居たりする。すべて支那の都会には町の真中に空地のあるのは珍らしくもないけれど、南京には殊に多い。昼間通った肉橋大街の北の方の堂子巷の近所なぞには、沢山の水溜りがあって、鵞鳥(がちょう)が何匹も泳いで居たくらいであった。こんなところが旧都の旧都たる所以であるかも知れない。

好い加減走ったと思う時分に、又広い通りへ出た。広いと云っても漸く日本橋の仲通りぐらいな広さである。両側の構えは商店らしいが、一軒として戸の明いている家はない。と見ると、路の中央に牌楼が立って居て、白い看板に花牌楼(かはいろう)と記された文字が、闇に透かしてぼんやりと読める。

「此処の町は花牌巷と云うのだね」

私は俥の上で怒鳴りながら案内者に尋ねた。

「そうです、此処は昔此の町が明朝の都であった時分に、宮廷の女官や役人の衣服を拵える職人達が住んでいたのです。その時分此の町へ来ると、どの家でも職人達が美しい衣服をひろげて、いろいろの絹糸で綺麗な花の刺繍(ぬいとり)をして居ました。それで此の町を花牌巷と云いました」

支那人は前の俥から大きな声でこう答えた。そう云われると、何だか此の暗い通りが急になつかしくなって来る。あのひっそりとした板戸の中では、今でもそう云う職人達が、灯火の下にきらびやかな衣裳をひろげて、根気よく精巧な刺繍の針を動かしては居ないだろうか。………

私がそんな空想に耽って居る間に、俥は既に太平巷、柳糸巷を過ぎて、四象橋を渡った。もう秦淮の孔子廟もつい其の辺にあるらしい。此処は昼間も通った筈だのに、何処をどう行くのだか更に分らない。再び路が狭くなって、俥は至る所で土塀に行き遇ったり空地を突切ったりする。何でも右側に長い長い壁のある路を、幾度か右へ曲り左へ折れて、やっとの事で姚家巷から秦淮の河岸通りへ出る。孔子廟は其の河岸通りの二三町先にあるのである。昼間は非常に賑かで、参詣の男女織るが如く、駄菓子や果物や雑貨を売る露店だの、軽業師や大蛇の見世物小屋だのが、一杯に並んでどんじゃんやって居るのだが、此の頃は警察がやかましくて夕方の六時になると見せ物も露店も閉じてしまうのだと云う。夜がこんなに淋しいのは、革命騒ぎで多勢の兵隊が入り込んで居る為めであるらしい。人の話に依ると、支那で一番物騒なのは兵隊だそうである。私の経験したところでも、一般の土民は性質が極めて温和で、乱暴を働く者などを見たことはない。厄介なのは兵隊だけである。北京でも天津でも兵隊が盛に入り込んで居て、夜になると往来をぞろぞろと歩いて居る。劇場と妓館は兵隊に限り無料で遊興を許す規則になって居るから、自然と外の客が行かないようになる。従って兵隊の跋扈（ばっこ）する町では、盛り場が繁昌しないのである。革命騒ぎと云っても、此の近辺は目下頗る平穏であるのに、何の為めに兵隊を置いてあるのか訳が分らない。彼等は徒らに其の兵営として市中の名刹伽藍を占領し、人心を不安ならしめて居るばかりである。そのうちでも南京の如きは、最も彼等に呪われて居る都会であろう。

しかし料理屋だけはいかなる兵隊でも木戸御免とは行かないと見えて、利渉橋の橋詰から貢院西街の角に至る二三町の間には、南京一流の飯館（ファンカン）が軒を並べて夜の更けるまで営業して居る。我々の俥は其等の一つの長松東号と云う飯館の前で停まった。

「此処の内へ行って見ましょう。此処は本当の南京料理です」

そう云いながら案内者は先へ立って門の中へ這入って行く。表から見たよりも中は思いの外立派である。中央に広い長方形の中庭があって、その四方を二階建の巍然たる楼閣が取巻いて居る。青いペンキ塗の木造の家屋ではあるが、決してそんなにお粗末な普請ではない。二階の欄干にも廻廊の柱にも細かい彫刻が施してあって、その柱の上下には提灯を吊したり満開の鉢植えの菊を飾ったりしてある。中庭に佇んで階上階下を見渡すと、どの部屋にも客が一杯に立て込んで、賭博を打つやら拳を闘わすやら大変な騒ぎである。私は成るべく秦淮の運河に沿うた二階座敷へ陣取りたいと思ったが、門を這入った直ぐ右側の階下の部屋が一つ明いてるだけだと云うので、拠んどころなく其処で我慢をすることにした。座敷の中も可なり居心地が好く出来て居る。北京あたりでは、一流の家でも室内は随分と不潔なものだが、今夜始めて安心して旨いものが食えるような心地がした。支那料理だけは日本に居る時分から相応に食って居るので、ボーイの持って来た菜単の内から自分で料理を選択した上左の品々を注文する。

醋溜黄魚　　炒山鶏
炒蝦仁　　鍋鴨舌

其の他数種の冷菜(リアンツァイ)と口蘑湯などである。南方の料理と北京の料理と材料に於ては大した相異もないように感ぜられるが、味は明かに違って居る。殊に最初に出た炒蝦(サアホウ)仁(ニン)を食った時に、その感が深かった。蝦仁(えび)は此の辺の名産だそうであるから、原料もいいには違いなかろうけれど、味の附け工合がいかにもあっさりして居る。日本料理でもとても斯うは行くまいと思われるほど淡泊である。此れならばどんなに支那料理の嫌いな人でも、箸をつけられない事はあるまい。

「どうだね、此の河の向う岸には大分芸者家があるそうだが、別嬪が沢山居るかね」

私が頻りに紹興酒をすすめながら、こう云って水を向けると、案内者の支那人はほろ酔い機嫌の赭ら顔に人の好い微笑を浮べて返辞をする。

「ええ、別嬪が居ないことはありません。日本から来た旦那方は大概一度は見物の為めに芸者を呼んで遊びます。誰か一人此処へ呼んで御覧なさい。呼んで歌を唄わせて三弗(ドル)ぐらいやればいいのです」

「此処へ呼んで歌を唄わせただけでは面白くないから、いっそ此れから芸者家の方へ行って見ようじゃないか。君の知って居る内があったら案内してくれ給え」

「成る程それも面白いです」

　支那人は心得たと云う顔つきをして、ちょいと眼元で笑いながら頷いて見せた。

「其れも面白いですが、何しろ兵隊が乱暴するので、向う河岸の芸者家には一人も女が居ないのです。あの家はみんな空家になってしまって、芸者達は兵隊の来ないような、暗い淋しい何処かの路次の方へ逃げ込んでしまいました。だから捜し出すのに面倒です」

　そう聞いて私の好奇心は益々募らざるを得なかった。

「でも一軒ぐらい知って居る内があるだろう。そんな淋しい所にあるなら、猶更面白いじゃないか」

「あははは、なあに捜して見たら分らない事はないでしょう。よろしい、よろしい、此れから私が案内します」

　こんな事をしゃべりながら二人はたらふく料理を食った。宿屋を出る時には大分腹が減って居たのだが、さすが大喰いの私もげんなりする程であった。隣の部屋でも、中庭を隔てた向うの座敷でも、まだ盛んに騒いで居る。追い追いと夜が更けて来るのに、拳を闘わす怒号の声や、賭博に夢中になって銀貨をジャラジャラと転がす音が、秦淮の水を圧するように響き渡る。

「夏になるとまだまだ此れどころではありません。毎晩々々何処の料理屋でも芸者家でもお客が一杯で、運河には画舫が何艘も浮んで歌を唄うやら胡弓を弾くやら非常に賑かです。此の頃は時候が寒くなったから、お客がいつもより少いのです」

「画舫が繁昌するのは、一体いつからいつ頃までだね」

「そうですな、三四月の春の始めから九月の末頃まででしょう」

私はつくづく、今一と月早く来なかった事を後悔した。此の頃のように夜が静かでは、折角楽しみにして居た南国の情趣をもしみじみと味う事が出来ない。兎に角陽気の暖かい時分に、もう一遍遊びに来なければ駄目だと思った。

「今夜は非常に御馳走になりました。お蔭で私は好い心持に酔いました。もうそろそろ出掛けましょうかね」

支那人は二本目の紹興酒を飲み乾すと、こう云って私の顔色を窺った。テーブルの上には料理が沢山喰い残されて居たけれど、もう二人とも其れへ手を着ける勇気はなかった。ボーイを呼んで勘定書を取り寄せて見ると、僅かに二弗ばかりである。あんなに腹一杯喰ったのに安い事夥しい。此れが日本の支那料理屋なら少くとも七八円は取られるだろう。支那へ来てまずくて高いのは西洋料理と日本料理である。殊に支那人の拵える西洋料理と来たら其のまずさ加減は話にならない。器物は多少不潔でも支那料理を喰うのが一番愉快で且つ経済である。

料理屋の前から再び俥に乗ったのは、十時過ぎであったろう。河岸通りを東へ辿って、昼間その下を画舫で通った利渉橋のほとりに出る。南京の橋は両側に家がぎっしりと立って居て、川の水も見えなければ、何処から橋になるのだか分らないのが多いけれど、秦淮に懸って居る橋だけは例外である。文徳橋でも武定橋でも此の利渉橋でも、日本の田舎などにあるような木造の橋で、昼間見た時には鉄の欄干に白菜が一面に干してあった。川の此方河岸は軒並の料理屋、向う河岸は狭斜の巷で、数多の妓館が参差として甍を連ね、ちょうど大阪の道頓堀に似た場所柄であるのだけれど、果して案内者の云った通り家々は皆真暗に戸を鎖して居る。いつの間に月が出たのか、薄曇りの空を漏れて来る淡い光が、どんよりと睡たげに漂う運河の水に、青白い影を映して居る外には、ただ暗澹たる町が死んだように続いて居るばかりである。利渉橋の北の橋詰に出た俥は、其の真黒な闇の町へ吸い込まれるようにして、路を左へ取って行った。不思議な事に、川筋の方からはあんなに沢山並んで居た妓館が、傍へ来て見ると何処に入口があるのだか更に分らない。例に依って土塀に囲まれた狭い路次を出たり這入ったりする。路はようよう一台の俥が通れるくらいの幅で、地面には煉瓦ほどの大きさの石が凸凹(でこぼこ)に敷き詰めてある。そんな処をガタンピシンと激しく揺す振られながら、あまり度び度び壁の角を曲ったので、私はもう河が孰方(どっち)にあるのだか方角さえも分らなくなってしまった。其のうちにいよいよ俥の通らない恐ろしく狭い曲り角へ出たので、俥を其処に待たせたまま二人は塀に寄り添って歩いて行った。靴の踵が敷石の飛び出た角にぶつかって、ゴロゴロと引かかるような厭な路である。小便だか喰物の油だか分らないが、ところどころに黒い水が流れて居る。白壁――と云うよりは鼠色に汚れてしみだらけになって居る土塀の上の方には、月が朦朧たる光を投げて、其の部分だけが活動写真の夜景のようにほの明るい。そう云えば此の路次の様子は、活動写真で屡々見るところの、悪漢の手下だの探偵だのが逃げ込んだり尾行したりする西洋の裏町の景色によく似て居る。こんな所へ紛れ込んで、若し案内者の支那人が悪党ででもあったならば、どんな目に遭うか知れたものじゃない。考えて見ると何だか少し薄気味が悪かった。

「おい、君、君、こんな処に芸者の内があるのかい。君は其の内を知って居ないのかい」

　私はひそひそと案内者の耳に囁いた。

「ええ待って下さい。たしか此の辺にあるのですが……」

と、小声で答えながら、支那人はなぜか頻りに一つ所を行ったり来たりする。或は一つ所ではなかったのかも知れないが、兎に角そう云ってもいいくらい其の辺の路は曖昧なのである。やがて一軒、右側に六尺ほどの間口を明けて、ランプをかんかん灯して居る家に出遇った。喰物を売る店らしく、焼芋屋のように竈から暖かそうな煙がぽかぽかと立ち昇って居る。其処を通り過ぎて五六間も進むと、又路がくの字なりに左の方へ曲って行く。支那人は私を其処に待たせて置いて、煙の出て居る家の前まで戻って行って、何事をかくどくどと店の者に尋ねて居る様子であった。路次に立って居る其の支那人の顔だけが、店先の明りに照らされて赤々と闇に浮き出て居る。……と、直ぐに彼は私の方へ引返して来て、微かな声で気楽そうに鼻唄をうたいながら、再び先に立って歩き出した。

「あ、此処です、此処の内へ這入って見ましょう」

こう云って彼が立ち止まったのは、それからほんの五六歩ばかり歩いた時である。見ると、右側の壁に四角な小さな今にも消えそうになった軒灯が、一つぼんやりと瞬いて居る。「姑蘇(こそ)桂興堂(けいこうどう)」——こんな文字が、ガラスに朱で以て書いてあるのが、大分剝げちょゝろゝになっては居るけれど、どうやら読めない事はない。その軒灯の下のところに、辛うじて人が一人這入れるほどの門が附いて居る。門と云っても二三尺の厚みのある壁の一部分を抉り抜いて、その向うにぴったりと板戸を卸してあるのだから、無論家の中の人声や灯火が洩れる筈はなく、よくよく注意しなければ単に土塀の表面が凹んで居るのだとしか思われない。此れでは成る程、先から矢鱈に壁ばかりが続いて入口の見付からなかったのも尤もである。其の戸に手を懸けて明けようとすると、意外にも戸の前で動いて居る人間がある。壁の厚みが深い影を作って居る凹みの中に包まれて、板戸に体を倚せつけながら、まるで Niche の彫像のように立ち竦んで居たものと見える。そうして恐らく、見張りの番人か何かであろう、案内者の支那人が二た言三言話をすると、其の男は直ぐに頷いて後ろの板戸をごそごそと開いた。

家の中も非常に薄暗い。――南京には電灯の設備があるのに、此れ等の家ではやはり兵隊の乱暴を恐れて、成るべく目立たないようにわざと石油ランプを使って居るのだそうである。――あまり人相の宜しくない五六人の男が、テエブルを囲んで多分賭博をやって居たらしい部屋を通り抜けると、斯う云う家にはお定まりの中庭があって、その衝きあたりに二つ三つ帷の垂れ下った女の部屋の入口がある。私の案内されたのは左の端の部屋であった。

室内には殆んど装飾らしいものは一つもない。四方の壁には悉くロール紙のような安っぽいピカピカと光る壁紙が貼ってある。が、その紙すらも古ぼけて居て、光るとは云え実は粗壁（あらかべ）も同様にざらざらして居る。片側に紫檀の卓と二三脚の椅子が据えてあった事だけは覚えて居るが、何しろ部屋の隅々までは光がとどかないくらいな置きランプがたった一つ、油煙を挙げてくすぶって居たのだから、とてもそう云う種類の婦人の閨房とは思われぬほどに陰鬱であった。部屋には最初誰も居なかったので、椅子に腰かけて暫く待って居ると、藍色の服を着たやりての婆さんのような女が、水瓜の種と南瓜の種とを盆に載せて運んで来る。婆さんは其れほど慾深そうな人相でもなく、支那語で分らないことをべちゃくちゃとしゃべっては、私の顔を見て愛想よくニコニコと笑う。その後から、十二三歳の小娘を二人従えて、此の閨房の主であるらしい一人の婦人が、楚々として這入って来た。彼女は私と案内者との間に挟まって椅子に腰をかけるや否や、片肘をテエブルに衝き片腕を長く伸ばして自分の持って居る巻煙草を二人にすすめる。案内者に通弁を頼んで尋ねると、彼女は今年十八で名を巧と云うのだと答える。鈍いランプの光線の中に浮かんだ顔は、むっちりと円く肥えて居て輝やかしいまでに色が白い。殊に薄手な小鼻の肉のあたりなどはほんのりと紅く透き徹って居る。其れにも増して美しいのは、身に着けた黒繻子の服よりも尚真黒な、つやつやとした髪の毛と、無限の愛嬌に富んだ、びっくりしたように睜って居る生き生きとした瞳の表情である。北京でも随分いろいろの女に会ったが、私はまだ此れほどの美女を見たことがなかった。実際、こんな殺風景な、こんな薄暗い穢い壁の家の中に、こんな滑かに研かれた女が住んで居ようとは全く不思議である。「研かれた」と云う言葉を使うのが、蓋し此の女の美を形容するのに最も適当であろう。なぜかと云うのに、その顔立ちは美人の典型に外れて居るところが少くないにも拘らず、肌理の光沢や、眼の働きや髪の結い振りや、全体の体のこなしや、それ等が如何にも洗煉された芸者育ちの可愛らしさを、遺憾なく発揮して居るのである。彼女は話をする間に、少しでも眼だの手だのをじっとさせて居ない。房々と額を蔽うた前髪と、金の花形の先に翡翠の玉を附けた耳環とを、始終ちらちらと打振りながら頸を動かして、二重頤をぐっと引き寄せては物を考えるような眼つきをしたり、肘を左右に張って肩を聳やかしたり、しまいには髪を後ろで留めて居る黄金の簪を引き抜いて、それを楊枝の代りに使いながら、「研かれた」うちにも特に研かれた素晴らしい歯ならびを見せびらかしたり、殆んど送迎に暇のないくらい態度を変化させるのである。

「どうです、此の人は別嬪でしょう」

案内者は婆さんの持って居る煙管を借りて、水煙草を吸いながら、私を其方除けに彼女とふざけ散らして居たが、突然こんな事を云って私の方を振り返った。

「此の人は此の辺で一番上等の芸者です。わたし今此の人と談判をして居るんですが、旦那は此の人が気に入ったら、今夜この家へ泊まってはどうですか」

「泊まってもいいと云うのかい？」

「いいえ、なかなか承知しないのです。しかし私が今談判をして居ますから、多分泊まれるでしょう」

「うん、是非泊まれるようにしてくれ給え」

彼女は軽く私の顔に流眄を使って、嘲笑うような眼つきをした。

支那人は再び交渉を開始した。談判にしては少々ふざけ方がひどいようであるが、黙って結果を待って居るより外に仕方がない。そう思いながら、私はおとなしく壁に凭れて、次ぎから次ぎへと活潑に移って行く女の表情を、飽かずに眺め入って居た。ふざけて居るのかと思うと、女は時々真顔になって、例のくるりとした眼の球を剝いて天井を睨めている。案内者は冗談交りに、手を替え品を換えて説き伏せようとしているらしい。

「大分談判がむずかしそうだが、うまく行くかね」

「外にお客があるからいけないというのです。しかしまあもう少し待って下さい。今に承知するかも知れません」

　斯ういって私を宥めながら、彼はなおも談判を進めている。やがて女は「では相談して見ましょう」といい捨てて、ちらりと私の方へ蔑むような笑顔を見せて室を出てしまった。それから二三分ばかり立って、先のやりての婆さんがにこにこしながら這入って来た。婆さんと案内者との押問答が其処で長い間行われる。案内者がなかなか強硬なので、婆さんがいくら断ろうとしても容易に断りきれないのだと見える。遂に閉口して引き退ると、再び女がやって来て彼此と言訳をする。婆さんと女とが二度も三度も、かわるがわる出たり這入ったりして容易にカタが附きそうもない。

「そんなに面倒なら止めようじゃないか」

　とても駄目だと思ったので、私は斯ういって案内者を制した。夜は更けて来るし、寒くはなるし、私は少し興味錯然とした。それに、談判が成功したところで、案内者も一緒に泊ってくれるなら格別、この陰鬱な怪しげな妓館の一室に、たった独り取り残されるのは不気味でもある。

「ええ、止めにして何処か外の家へ行きましょう。私は先から十五弗で談判しているのですが、四十弗でなければいけないというのです。四十弗なら承知しそうなのです。馬鹿々々しい、四十弗はあまり高いです、よした方がいいです」

四十弗といえば、この頃は銀の相場が高いので、ざっと日本の八十円になる訳である。私の懐には六十弗余りの金があった。しかしその中の四十弗を使ってしまうと、これから蘇州を見物して上海の正金銀行へ行くまでの間、残りの二十弗で辛抱しなければならない。一旦興味のさめかかった私には、この場合この女のためにそれほどの犠牲を払おうとする気はなかった。

「別嬪には違いないが、四十弗は高すぎるね。もう十一時過ぎだからいい加減にして帰ろうじゃないか。買わなくっても見ただけで沢山だよ」

思い切りよく私は席を立ちながらいった。

「なあにまだ帰らないでもいいです。この女が駄目ならば外にもまだ別嬪の内がありますます。四十弗なんか出さなくても、安くて面白い処がありますす」

案内者は私を非常な道楽者とでも思ったか、少し迷惑な位に熱心である。

「だって君、こんな別嬪はそう沢山はいないだろう」

私は此れから変な所へ連れて行かれて、折角の美女の印象を汚したくないとも思った。貴い幻にも似たこの女の俤を、胸の奥深く秘めてこのまま安らかに帰路に就く方が、私には却って望ましかった。

「別嬪がいるかいないか、まあとにかく行って見ましょう。もしも気に入らなかったら、宿屋へ帰って寝てもいいです。遅くなったって構いません」

二人を門口まで送って出た女が、扉を中から鎖してしまうと、案内者は斯う云いつつ再びとぼとぼと路次の石畳の上を辿り出した。五六間行くと、また一軒の妓館らしい家があった。やっぱり同じように重苦しい厚い壁を繞らして、小さな潜り戸の扉が牢獄の門の如く暗くひっそりと鎖されている。案内者は自分だけ一人這入って行ったが、直ぐに出て来て「此処は別嬪がいないようです。まだ他にあるでしょう」と云う。なるほどこの近辺には、気をつけて行くと彼等の隠れ家らしい家がところどころにある。兵士の乱暴を恐れて逃げ込んだとはいうものの、北京の八大胡同の繁昌に比べれば、あまりに惨(みじめ)な住居である。東京だと水天宮の裏通といったような感じもする。それらの家の前で、案内者は一々立ち止ってちょいと小首を傾げては、すたすたと素通りしてしまう。

「この近所には面白い内は無いようです。俥へ乗って外へ行きましょう」

と、口の中でぶつぶつ独り言のように呟きながら、元来た道へ引返して行く。俥といってもその辺には一台もありそうもない。先から土塀との間を何遍ぐるぐると迂廻するか知れないが、私達より他にこの辺をうろついている人影は全く見えない。まるで物凄い廃墟の中を彷徨ているようである。斯んな深夜に斯んな処を徘徊している人影があったら、それは恐らく幽霊だろう。実際この路次の光景は、人間よりもむしろ陰鬼の棲家に適しているのである。

私達がやっと一台の俥を見つけたのは、狭い路次から稍々広い路次の方へ曲ろうとする時であった。其処に日本の鍋焼うどんのような店が出ていて、――此の店が私にはまた不思議であった。斯ういう処に、誰をめあてにして食物の店を出しているのだろう。食いに来る客があったらそれこそきっと幽霊に違いなかろう。いや、あの露店の阿爺からして幽霊であったかも知れない。――一人の車夫が焼米か何かを突ついている。案内者は私をその俥に乗せて、自分は後から喰着いて来る。時々後から頓興な声を挙げて、「右へ廻れ」の「左へ行け」のと車夫に命令を下している。これから何処へ行く気なのか、彼自身にもまだはっきりと見当がついて居ないのであろう。

二三町行くうちに、案内者は到頭もう一台の俥を見つけた。二台の俥はようやく廃墟の中を抜け出して、とある町通をガラガラと走り始めた。何だか覚えのある街路だとは思ったが、未だに方角は分らなかった。左側に一軒、「太白遺風」と記した看板の商店が起きている。通りがかりに店つきを窺うと、田舎の醤油蔵にあるような、煤けた、真黒な大きな樽が幾つもごろごろと並んでいる。油屋の店にも似ているが、「太白遺風」の文句から察するに、多分酒屋なのであろう。私は図らずも佐藤春夫の「李太白」を想い出した。この看板の事を佐藤に話したらきっと面白がるだろうと思った。……

五六間先に、吉原の大門のようなものがあって、門の上に「秦淮橋」と記してあるのがぼんやりと読める。秦淮橋ならば今朝もこの辺を一度通った筈であるが、それにしても先刻夫子廟の傍の料理屋を出た私は、いつの間にこんな処へ運ばれて来たのだろう。俥はその秦淮橋を渡って再び夫子廟の方へ戻って行くらしい。が、以前の利渉橋の橋詰まで来ると、今度は夫子廟の方へ曲らずにそのままどんどん橋を越えて駈け出して行く。此の橋の下までは来たことがあるけれど、此れを向う側へ渡るのは今夜が始めてなのである。其処にはどんな町があるのか知らん、と思っているうちに、河岸通を右へ曲ってまた左へ折れた。月は全く沈んでしまったし、暗さは前よりも一層濃くなって、町の様子なぞはとんと分らなかった。ただ例によって殺風景な冷かな灰色の壁が、古城の石垣のように黙々と続いて居る間に、ところどころ草茫々たる空地があるようであった。何でも町外れの淋しい方へ淋しい方へと辿りつつあることは明かである。壁が尽きて空地へ出ると、湿り気を含んだ冷たい夜風が何処からともなく忍びやかに流れて来る。暗澹とした四辺の光景が身に沁み渡れば沁み渡る程、私の胸にはつい三十分ばかり前に見た美女の面影が、一層まざまざと浮び上るのを覚えた。いくら考え直しても、かかる廃都の町の中で、ああいう美女に出遇ったということは、夢のようにしか思われない。私は今更四十弗の金を惜んだのが残念なようにも感ぜられた。

……ガタンと一つ強く飛び上って、俥は恐ろしい凸凹な道を右へ曲った。見ると左側に二三軒の家がかたまっていて、右側には古池がある。池の汀に柳の老木が五六本茂った枝葉を黒い幕のように垂らしながら、さやさやと風に鳴っている。池の水は鉛色に鈍く光って、その柳の葉と一緒に顫えているようである。我々の俥は左側の外れにある一軒の家の前に停まった。「〇〇妓館」という門灯の点っているのが目に這入ったけれど、文字の朱が跡方もなく剝げているので、上の二字は読むことが出来ない。

門の入口は、先刻の家よりも更に曖昧で真暗である。案内者の支那人が扉をとんとんとほのかに叩くと、壁の一部が巌窟のように凹んで我々を中へ吸い込んで行ったが、戸外の闇は屋内にまでも拡がっていて、何処から家の中になるのだか分らない程であった。我々の後で再びガサリと板戸の締まる音がしたので、振り返って見ると、目の前にはただ暗黒があるばかりである。今潜って来た筈の門のありかも分らなければ、中から戸を明けてくれた筈の人影すらも見当らない。外には兎に角柳だの古池だのがあったのに、内部には暗黒より外に何等の物象も無いのである。我々は確かに壁の向う側から此方側へ来たのであるが、その壁をいつどういう風にして潜り抜けて、こんな処へ這入ってしまったのだろう。後の闇を見つめていると、壁なぞは何処にもないようにさえ感ぜられる。あの古池や柳のあった世界は、土の壁よりもっと厚い「暗黒の壁」で厳重に隠されてしまっている。子供の時分に、パノラマを見て暗い廊下を出て来る時に、よくこんな気持がしたことを想い出した。

すると今度は、私の前方を塞いでいる闇の底でガサリという物の音がした。門は二重に鎖されていて、其処にもう一枚の板戸が嵌まっていたのである。板戸の蔭から、背中に弱いランプの明りを浴びながら、黒い人間の影が蝙蝠の如くふらふらと此方へ近づいて来る様子である。私はふと、或る恐ろしい事を連想せずにはいられなかった。こんな真暗な、這入ったが最後出口の分らない家の中で、万一悪漢に脅迫でもされたらばどうであろう。脅迫どころか殺された上に死骸を捨てられてしまっても、その罪悪は永久に知れずに済んでしまうであろう。この魔窟の四壁の中は、まるで海の底も同様に遠く世間から懸け離れているのである。

案内者はその男とひそひそ囁きをかわした後で、板戸の彼方へ私を連れて行った。中庭の四方を取り囲んで閨房の並んでいる工合は、大体前の家と似た構造であるが、中庭の面積から云っても、閨房の数から云っても、此処の方が余程広いようであった。石を敷きつめた中庭の中央に粗末なチャブ台を据えて、五六人の女の児が寒そうに肩を縮めつつ、福神漬のような漬物で粥を啜っている。そのチョコチョコした物哀れな恰好は、土蔵の縁の下で鼠が物を食っている様子にそっくりである。案内者は此処彼処の閨房を二つ三つ覗いて見てから、一番清潔そうな部屋を選んで其処を我々の場所にあてた。此処にもやはり石油ランプが点っているけれど、あまり暗すぎる所を通ったせいか、思ったよりは明るかった。しかしその室内の惨めな空気は、明るい為に少しでも華やかにされて居るのではない。片側に白い几帳をかけた女の寝台があって、片側にお定まりの椅子とテーブルがある外には装飾の役を足すものは何一つもない。几帳の割れ目からそっと寝台を覗いて見ると、垢じみた褥の上に毛布がふわりと円まっている。誰も寝ていないのかと思って毛布をちょいと動かすと、裾の方から可愛い繻子の靴の先が椎の実のようにちらりと露れた。何という小柄な、きゃしゃな女が寝ているのだろう、――その靴の先を見ただけで、私はそう感じた。寝台の底には撓やかな籐の網が張ってあるから、人が寝ていればいくらか凹む筈なのに、彼女の軽い肉体を載せている蓐は、ぴんと突張って、さながら一塊の綿をでも載せているように、少しも重みを感じていないのである。

「おいおい、起きないか」

私は日本語で斯ういって、毛布の上から両手で揺す振った。毛布の下にある柔軟な肉附は、その腕もその胸もその脚も、裸体へ触れているように一々明瞭に私の手に感ぜられた。女は自分で毛布を撥ねのけて目を擦り擦り大儀そうに寝台の上に起き上った。——水浅黄の木綿の上着を着た、色の黒い、金魚のように目玉の飛び出た、厚い唇の反り返った、何処となく鈍重な気分に充ちた顔立ちである。上着の裏へ両手を差し入れた儘ぶるぶると身顫いしながら、寝台を這い出すと直ぐに私の傍に腰掛けて、むつりとした面附で西瓜の種を嚙(かじ)って居る。

「この女はどうですか。気に入りませんか。気に入らなければ此処の内にはまだ多勢いますから、外の女を呼んで見ましょう」

先(さつき)の美女に比すべくもないこの女の容貌に対して、私は不満足の色を包むことが出来なかった。

「多勢いるのなら、その女達を一と通り見せて貰おうじゃないか。皆見た上で一番いいのを呼んだって差支えないんだろう」

「ええそうしてもよござんす。見るのはいくら見ても構いません」

中庭で粥を啜っていた女どもは、間もなく一人々々私の前に姿を現わした。閨房の入口にかかっている、芝居の揚幕のような帷を掲げて、バネ仕掛の人形の如く歩いて来ては、立ち止ってしなを作って、また悠々と帷の向うへ引込んでしまう。花魁(おいらん)の引(ひ)きつけのような趣きがある。後から後からと、十何人もぞろぞろとやって来たが、多少でも心を惹くのは一人もない。どれもこれも全く鼠のように薄穢ない。結局、最初の女がやはり一番優れていた。

「どうしてもこの人が一等別嬪です。旦那はこの人ではいけませんか」

「だが先の女から見ると、なりも顔立ちもずっと悪いね」

「それは仕方がありません。先のような別嬪はそう沢山はいないです。あれは一流の芸者ですからなかなか威張って居ます。此処のは二流ですが、そのかわり泊るのに訳はないです。この頃は不景気で困って居ますから、きっと安く負けるでしょう」

　案内者の旨を含んで、女も頻りに私を誘惑しようとする。が、そうされればされる程、私は愈々気が乗らなかった。彼女の名前は陳秀郷といって、年は十九になるのだという。顔の輪廓はそんなに嫌ではないけれど、衣裳がひどく垢じみていて、皮膚のざらざらと荒れているのが何よりも気に食わなかった。この女の、肌ざわりの悪そうな、色つやのない指の先を眺めていると、先の女の瑠璃のように研かれた綺麗な皮膚の匂いが、ますます忘れがたないものに思われて来るばかりであった。

「どうですか旦那、泊って行ったらいいでしょう。十二弗に負けるといっています」

「いや、止めにしよう。私にはどうも気に入らないから、……それよりか今夜は宿屋へ帰って寝るとしよう」

「そうですか、宿屋へ帰りますか……」

案内者は不機嫌な私の顔色を見て取って、当惑したらしい口調で云った。

「では帰り道にもう一軒寄って見ましょう。そうして其処が駄目だったら、宿屋へ帰ってもいいです」

「帰り道なら寄ってもいいけれど、しかし大概似たものだろう。何処へ行ったたって、先(さっき)のような別嬪は居る訳がない」

「あははは、旦那はあの女に惚れているんですね。それなら一つあの女に負けないような別嬪を捜して上げましょう。芸者は高くて駄目ですが、素人の中には安くって別嬪の女が居ます」

「素人でお客を取る女が居るのかい？」

「ええ、極く秘密にお客を取る女が居ます。そういう処へは支那人でも紹介がなければ容易に行くことは出来ません。私の知って居る内が一軒ありますから、其処へ行って話して見ましょう」

是非泊ってくれろというのを振り切って、女の部屋を辞した私達は、再び中庭を横ぎって、インキのように濃い闇の中を潜って行った。二重戸の下りた壁の内側から、古池の滸(ほとり)の路傍へ運び出された時、私は始めてほっと胸を撫で下ろした。

三度目に尋ねた所謂「素人の女」の家は、何でも夫子廟から四象橋の方へ行く道の、ごたごたと入り組んだ分りにくい一廓にあったらしかった。私は利渉橋を北へ戻って、姚家巷の狭い往来を警察署の塀に沿うて辿って行ったことは覚えて居るが、それから何処をどう行ったのか明かでない。しかし後で宿屋へ帰った時の道順を考えて見ると、その家の位置は、多分四象橋から南へ行った突当りの、丁字路の附近にあったらしく想像される。南京市街の地図を調べたら、其処は奇望街といって、丁度警察署の裏側になって居る地点であった。警察の傍で秘密の稼業をして居るのは大胆であるが、支那のお巡りさんはそんなにやかましくないのかも知れない。そうして外から見たところでは、警察署もその女の家も皆一様に寂寞たる土塀に囲まれて居て、屋敷町のような感じのする区域であった。一流の芸者の内でさえあれ程陰鬱なのであるから、まして素人の女の家の暗さ淋しさは云うまでもない。闇は勿論、冷え冷えと身に沁みる深夜の外気が、屋内の床石の上にまでひたひたと流れ込んで、火の気の無い、ガランとした洞穴のような部屋の一隅に、十六七になる一人の娘が、荒寺の本堂に安置された木彫の仏像のようになって、寒そうに頤(あご)をわななかせながら、怪しい異国の紳士の闖入を訝るが如く目を光らせて居たのである。その目は支那式に円く飛び出ては居ないけれども、且華やかではないけれども、底の知れない哀愁に充ちた潤いを帯びて、横に長く切れて居た。頑固な意地の悪そうな太い眉を顰めて、ロクロク口も利かずに立って居る彼女の容貌は、先の美女に比べてもそれ程見劣りはしなかった。皮膚は茶褐色に黒ずんで居るが、肌目(きめ)は飽くまでも滑かで、黒繻子の服に包まれた四肢の骨組は鯉のようにしなやかなのである。日本の美人にあるような細面の、而も小造りな暗い顔立は、先の女の嬌態に及ばないとしても、あの女をルビーだとすれば、この女は黒曜石に似た憂鬱があった。年は十七で、名前を花月楼(ホワイエーロー)と呼んで、楊州の生れであるということを、彼女は重い唇から渋々と答えた。

「成程この女は別嬪だ。だが恐ろしく機嫌が悪いね。まるで怒って居るようじゃないか」

「なあに怒って居るのではないのです。素人の娘だから羞(はにか)んで居るのです。泊ると云えばきっと承知しますよ」

其の時女は顰めた眉根を更に一層険しくして、口の先を尖らせながら、案内者を掴まえて何かぶつぶつと不平を鳴らし始めた。潤んだ目からは、今にも涙が落ちそうであった。

「この様子ではとても承知しそうもないじゃないか。帰ってくれろと云って居るんだろう」

しかし、私のこの推量は全然間違って居た。案内者の説明に依ると、娘は是非今夜泊ってくれるように哀願して居るのだそうである。

「この女は、この頃世間が騒がしいのでお客が無くて困って居ると云うのです。最初は十弗だと云って居ましたが、六弗に負けると云い出しました。談判をすれば大丈夫三弗までには負けるでしょう。どうですか旦那、三弗なら安いものじゃありませんか」

やがてやりての婆さんもやって来て、娘と共々に口を揃えて掻き口説いた。果して案内者の云った通り彼等はとうとう三弗に負けてしまったのである。

話が極まって、案内者と婆さんとが別室に退くと、女は入口の板戸の桟を下ろしていい、しんばり棒をかった。そうして何か分らぬ事をぺちゃくちゃと喋りながら、始めてにこやかな笑顔を見せた。憂いの影を宿して居た目と口とは、思いの外表情に富んで居て、精一杯私に媚びを売ろうとする。一言半句も支那語を解することの出来ない私は、其の可憐なる媚びに対して、報ゆる術を知らないのが悲しかった。

「花月楼(ホワイエーロー)、花月楼(ホワイエーロー)」

と、私は纔かに彼女の名前を支那音で呼び続けつつ、両手の間に細長い顔を抱き挟んだ。挟んで見ると掌の中にすっぽり隠れてしまうほどな小さな愛らしい顔であった。力を籠めてぎゅっと圧したらば、壊れてしまいそうな柔かな骨組であった。大人のように整った、赤児のように生々(ういうい)しい目鼻立ちであると私は思った。私は急に、挟んだ顔をいつまでも放したくないような、激しい情緒の胸に突き上げて来るのを覚えた。

アブサン酒「スポールティフな娼婦」

吉行エイスケ

夜の小湊は波打ぎわの万華鏡のなかに、女博物館が開花していた。その夜は湾内に快速巡洋艦アメリカ号が投錨した夜なので、女達の首にはたくましいヤンキーの水兵の腕がからんでいた。山下界隈の怪しい酒場で酔泥れた一列の黒奴の火夫達が、最新流行歌をうたって和服の蠱惑の街に傾いた。

その前日から、小湊のチョップ・ハウスの断髪女を中心にした三つの殺人事件が本牧横町の街を騒がしていた。数日前「Ｍａｔｓｕ・ホテル」のダンス・ホールでもと吉原の遊女であった中年の女将が殺害された事件。その翌日、朝鮮の青年が「天界ホテル」の寝室にいた白痴のマリを殺害しようとした未遂事件。「アオイ・ホテル」のお六の亭主が東京郊外で令嬢殺しの疑いで拘引され、娼家街のマリアとしてお六のコケットな写真が新聞の三面を賑した事件。

それにもかかわらず、Ｍａｔｓｕ・ホテルの青い建物では満艦飾のグロテスクな女が意気で狼雑(わいざつ)なブラック・ボトンを踊り、天界ホテルでは白痴のマリが、薔薇の花の模様のついた着物の裾を危機一髪のところまでまくって、米国水兵のまえでチャルストンをジャズに合せて踊っていた。部屋の片隅にはアオイ・ホテルから小湊へ事件後返り咲いたお六が、南京刈(ナンキン)の男のウィンクに応じて立上るとショートオオダァのために別室に消えた。

そのころ横浜市は、あの上層の位階(いかい)にある人の来市を待つために多額の復興資金が庁より付与され、ルネッサンス式の建築の黄金塔のそびえる庁舎を中心にして、外観の美を競うようにグランド・ホテルは白い影を水に映し、鉄筋にかこまれた廻送問屋が古代の面影を失い、万国橋より放射される街路にはエトランゼに投げられる魅惑的な和風の舌が色彩をあたえ、建設を急ぐ生糸市場の肋骨(ろっこつ)の下には市を代表する実業家が黒眼鏡に面を俯せていた。しかし麗屋(れいおく)の市街にもかかわらず内容の空虚は殆んど収拾することのできない傷手(いたで)を市民にあたえていた。

数日前、私は弁天町の金銀細工の街をマリとあるいていた。マリは贅沢品の商品窓を感ずると突然競馬馬のように駈けだすのであった。ソウペイ・シルク店ではアル・

ヘンティナの踊着(おどりぎ)のようなイヴニングを買約すると、マリが私に言った。

「おい此(この)ドレスなあ。黄に買わして喜ばしてやるんだ」

「マリ、黄はお前と夫婦になりたいと云ったぞ」

「毎夜おれが酔って、いびきかいてるうちになあ、彼奴(あいつ)そんな真似をしているんだよ」

「よせ、冗談は。黄は子供の頃京城で結婚した女と別れて晴れてお前と夫婦になりたいと真剣だったぞ」

「よし。こん夜は彼奴の向うずねを蹴ってやる」とマリは馬のような口をひらいた。

ミミ母娘(おやこ)美容院では、パーマネント・ウェーブの電流が蜘蛛(くも)の手のように空中にひらいて小柄なスイス公使夫人の黒い髪に巻きついていた。私達は再び丸善薬品本店まで引返して怪しげな英語の名前を云って買物をすると、本町のニューグランド・ホテルの方へあるいて行った。埠頭に碇泊(ていはく)している船舶のマストにセイラーが双眼鏡をもってよじ登っていた。

「おい、マリ、山下へのみにゆかないか。ただし俺はカイン・ゲルトだ」

「よせ、やあ。剃刀(かみそり)を買おうよ」

「大丸谷のチャブ屋女と間違えられるぞ」

「ちぇ！　酔ってかいほうさしてやるぞ。こうみえてもなあ、おれは天界ホテルの令嬢マリよ」

「へん、シンガポールから迎えのこぬうちにくたばっちまえ」

　云いおわらぬうちに毛皮の外套から白い手がでると、私の横顔をたたいて一目散に公園横町から支那街さして駈けだした。山下町の支那語韻の街まで彼女を追跡すると支那劇場の喧噪（けんそう）な音楽の前でマリは東洋族（オンアン）を驚かすような音を立てて倒れると、地上を寝床にして唇から泡を吹きながらタヌキ寝入を始めた。支那のフォックス・トロットが劇場の地下室の踊場から聞えてきた。此界隈（このかいわい）はもと孫逸仙（そんいっせん）が亡命中の隠れ場所であった。

　私が息をきらしてマリに××りになると、彼女の額に接吻して言った。

「マリ。お前乱暴してはよくないぞ」

　すると、彼女はずるそうに白い眼をひらくと、

「ううん、おれがよくなかった」

「マリ、お前こん夜俺につきあうか」

「なんでもよくきく」

私達は腕をくむと、附近の青天白日旗の翻っている、支那公使館のまえのインタナショナル・バーの酒卓へ座ると、盃をかちあわした。卓子におかれたザシカのクンセイのような扮装をして女達がワルツを踊っていた。女将のアレキサンドラは片隅で亭主の白系露人とポーカーを七枚のカードを並列してやっていた。青い日本服をきた混血児が、なよなよとした腰に支那人の中学生の腕をからませて踊っていた。もと神戸の元町のボントン・バーにいた、肥太った女がひどく酔って悪臭を放っていた。ロシア人の老人夫婦が、ロシア・クラシック・オペラの一節を弾じはじめた。

ウォッカの酔いがまわると、マリがアレキサンドラの娘をとらえて饒舌りだした。

「おい、ナタリー、おまえおれの女房になってくれ」

「マリ、するとあんたが妾のダンナさんね」

「うん、そうだ」

するとナタリーが眼脂をふいてこたえた。

「わたし、いやです」

赤い焔のように、一条の直線がナタリーの頬にふれた。同時にナタリーの悲鳴が爆発して彼女の頬に紅色の液体がながれていた。私は、酒盃を投げつけて茫然と立っているマリを街路に連れだして車にのせると車体は海岸線を疾風のように走りだした。

「マリ、どうかしたかね」

「うん、おれはナタリーが好きだ」

と、彼女は云うと猛然と私におどりかかって、銀色の唾液のなかで二枚の褪紅色の破片が格闘をはじめた。暫らく波の音が水上の音楽を私達にもたらした。

天界ホテルのサルーンへ這入ると、有名な五十に近い小柄な舞踏の師匠を取巻いて、コムミニストだというマルクス派の作家らしい男達がひどく酔って女達に愛想をつかされていた。深刻な表情をして酒盃を傾けている黄をマリは見つけると、つかつかと彼のかたわら迄彼女は行くと、少しばかりスカートを捲いてマリは薬品の為にオリーブ色になった唾液を床に吐いた。

「おい、黄。おれはなあ、今夜っきりおまえがやあになったんだ。こん夜っきりおれにかかわらずにおくれ」

乱暴に床を蹴って部屋から出て行った。

——マリさん、マリさん。と、叫びながら狂気のように黄は彼女の後を追いかけたが、手擲弾（てなげだん）のようなマリの靴を向脛（むこうずね）に見まわれて跛（びっこ）をひきながら彼は街路に飛出した。野蛮…………マリを跳ねかえした。波打際の階上のマリの寝室であった。

暁（あけ）がたちかくふと私は眼覚めた。食べちらされたトーストと玉子の殻と、鼾（いびき）をかいて寝ている彼女の黄色い鼻がオレンヂ色に染められていた。カーテンの引かれなかった窓ガラスには、影絵のように狂暴な黄の顔がうつし出され、私の驚愕（きょうがく）に無関心なように黄の手にした拳銃の引金がマリの寝姿に向って引かれた。

私が窓をひらいたときには、階上から転落した黄の姿が小さな尾を海辺にひいていた。再び陽光が火薬のように部屋に這入ってきた。私は相かわらず鼾をかいて寝ているマリが、時々うるさそうに鼾をかくのをみた。するとそこに微（かす）かに弾丸の傷痕が見られた。

私は三面鏡の抽斗（ひきだし）から、煉白粉（ねりおしろい）をとりだすとマリの鼻を厚化粧してしまった。お六が南京刈の男と再びサルーンにでてきた。私は彼女の濃厚な紫色の白粉の下に疲労した美しさを感じた。紫色の影をつくる腋（わき）の下に魅力を感じて立あがると、藍色のアブサン酒を彼女のグラスに注（つ）いだ。

黒奴（ニグロ）の火夫達の一団がぞろぞろ這入ってきた。ジャズ・バンドが開演された。マリと一人の怪偉なニグロがシミー・ダンスを×××をかちあわして踊りだした。マリが時々奇妙なかけ声を発すると、それに合してニグロの男は白色婦人が××で好む一種の奇妙な声をだした。床をがたがた踏み鳴らしながら、マリが私にちかづいてくると、

「おい、おれはおまえがやあになった」

「マリ、あばよ」。私がさけんだ。

するとマリはくすくすわらいながら黒い男と部屋をでて行った。私は多彩な女の断面図にベールをかけるように煙草(たばこ)のけむりをふかした。しかしいつのまにか私は女の×のなかにいた。紫色の衣服をつけたお六が、私の肩に手を巻くとそっぽを向いて煙草の黄色いけむりを吐きだした。

私は強烈なアブサン酒をあおると、彼女に言った。

「おい、お六ちゃん。亭主が引ぱられてからの感想が聞きたいよ」

「そんなこと云わんとおいておくれよ」

「淋しいかい」

「淋しくなくてかい」

「信じているかい」

「犯罪については妾には分りませんわ。しかしいまになって妾はあの男を愛していたような悲壮な気もちがいたしますわ」

「ふふん、もっともそんな気もちになって喜んでいるのもおたのしみだね」

彼女の紫色の影が私を×（原文ママ）すると言った。

「ねえ、今夜、妾につきあわない」

私は明暗の多い女を肩ぐるまにのせて、お六の穴倉のような部屋に彼女を運搬した。

夜が明けると、天界ホテルの海辺に面したダンス・ホールで、マリを先頭にして十三人の娼婦が一列に並んで健康のための体操をはじめたが、何故かお六ひとりその列に見えなかった。

花鬘酒「ファティアの花鬘」

牧野信一

一

私は卓子の上に飛びあがると、コップを持った腕を勢い好く振りあげた——酒は天井にはねあがった。

そして私は、

「花鬘酒(ブランブシウム)の栓を抜け！」

と叫んだ。——「踊子達よ、一斉に盃をとって、あの舞踏酒の歓喜に酔え。俺は、ピピヤスの傍らへ走って、あの花籠を買って来る、あれらの花が凋まぬ間にあの壺をあけて、ストーロナ産の花を盛らなければならない。飲め飲め飲め、そしてイダーリアの冠にブランブシウムの雨を降らそう」

「虹色の翼をもった God Honsu がナイルの上流で探し索めた Osiris の花をくわえて

オリンピアの上空に現れた時のように、俺達は愉快だ」

と私は満腔の想いを空に向って次々に追放するかのように腕を張り、胸を拡いて、続けるのであった。

誰も気がつかなかったが私は、喜びのあまり、近頃私が創作した最も得意な小説のうちで、最も愚かな一エピキュール学徒が街角のタバンで見得を切っている騒ぎで、その口真似をしたのである。

酒をのむのは私ひとりであったが、私の伴れ達は、酒に酔って斯んなに騒ぐ私と同じ程度に「勝利の快感」に酔い痴れて自己を忘れていた。――一同は凄じい早稲田大学贔負であった。この日、野球戦に私達の早稲田が勝ったからである。

ここは都に程近い海辺の小さな村である。――村境いの、ブルウカノタバンという居酒屋である。私は彼等に胴あげをされたまま我家から此処まで拉し去られて来たのである。私は、早稲田大学文学士という理由で常々彼等から絶大な信望を担っていたからである。

私は、面白く、浮れて、やはりその創作の中に現れる酒の名前を叫び、エピキュール学徒と、ストア学徒の声色をつかって、浮れ抜いた。

「ブラボー――ピピヤスよ、歌って呉れ、お前が歌えばロールッヒ先生の嘆きの歌であろうと、ヨハンの樽の歌であろうと、何の見境いもなく俺達一同は五月の朝風に撫でられる孔雀歯朶のように従順になびいて陶酔の無何有に眠るであろうよ――ウルノビノ生れの愛しきピピヤスよ……」

「シッダルよ、俺のカップに、シラキウス産の『南方の魔術師』を注いで呉れ。Y村の七郎丸の盃には、『イダーリアの灌奠酒』を――お前の思い人である、あの貌麗わしい美術学生にはヴェネトの『ロータス』を――都から遊びに来ている、この俺の友人には、ロンバルデイの『ファティアの夢』を……」

私が斯んなことを云って、カップをつきつけると、酒や毒薬よりも怖れている彼等はギョッ！　として眼を視張った。

「友よ、驚くなかれ！　Aは、ヴェネトのキャンデイであり、Bはシラキウスのベルモ、そしてCはロンバルデイのマルサラだよ――」

が、それでも彼等は不安な眼をしばたたいているので、

「おお、気の毒な友よ」

と私は、更に説明した。

「では、もう一度称び代えようか。それらの酒というのは、村の甘酒なんだ。名称は、では、諸君が自由につけて、晴れの乾盃を続けようではないか。シッダルよ——やあ間違ったか、テルちゃんだ！　おい、テルちゃん、甘酒の盃を……」

「そして、ピピヤスよ、歌えよ！」

歌えピピヤスなんていう美しい娘が、居る筈はなかったが、私は歓喜の夢を見つづけたまま、あの得意の作である「狂騒街」の世界に引き戻っていたのである。

私は、卓子の上に突き立ったまま、コルネットを口にあてた。私の妻は、私の脚元で手風琴を取りあげた。

そして、一同は声をそろえて、早稲田の歌をうたった。

二

一隊は真夜中の田甫道を、河童のように身軽く浮れながら私の家に引きあげる途中であった。

昼のような月夜だった。

「……ワセダワセダ！」

「凄い……月夜だ」

「…………」

一同は口々に、間断なく喋舌り続けているのであったが、何を云っているのか解る筈もなく、また私も何か祈りごとめいたことでも口吟みたくなって、

（私は、「山上の館」で万物流転の法則を研究するよりも、一杯の「ファティアの夢」に酔って健康な己れを感じたい唯物至上派でございます。私は、私の倅をストア大学に入れたくありません。御校の舞踏科へ入学させたく思います。）

（いいえ私はピザの物理学者の助手として、球拾いの研究でもさせてやった方が望ましいのであります。）

などと呟いていると、「ファティアの夢」だけを聞きとらえて、

「まあ、あなたが甘酒を飲むッて？」

と妻が嬉しそうに云った。彼女は常々私の和酒好みを嫌って、せめてカクテールの調合位いには興味を持って呉れ、そして、いろいろな酒罎を本棚にでも並べて、殺風景な部屋の飾りにでもしてお呉れ――などと云っていたのである。

「…………」

私は説明するわけにも行かなかったので、妻の顔を近くのぞき込んで、

「何うもエピキュリアンであるらしい自分を俺は悲しみながらも――」

云いながら私は、その手をとってキスを与えようとしたら、背後から、

「馬鹿！」

――の叫び声と一緒に凄い平手が私の頬で鳴った。私が、妻のつもりで手をとったのはブルウカノのテルちゃんで、それを認めた妻が私を打ったのである。

「しまった！」

と叫んで私は逃げ出した。ずッと先へ進んでいるエールの連中に追いついて救いを求めなければならなかった。

「妾が、うしろにいるのも知らないで、馬鹿ね。つかまえて、もっともっと打ってやろう」

妻は追いついて来た。

男も女も差別なく、海老茶のネクタイを結び、Wのセータを着そろえているのだが、その上に同じような大きさの妻とテル子――私は逃げながら時々振りかえって見るの

だが、昼の通りに明るい月夜であるにもかかわらず何うしても二人の差別がつかないので、また間違える不安に戦き、弁明の言葉を胸に秘めたまま、ピョンピョンと白い堤を逃げて行った。

「妻よ、ファティアを陶酔境と訳してお呉れ！　お前の夫が、エピキュリアンでなかった代りに——」

老酒「馬上侯」

高見　順

馬上侯、――酒桟の名である。上海三馬路にある。日本人の間には、この、二階の無い、卓子も数個しか無い、この極めて清潔でない酒家よりも、酒家としては源茂言、高長興などの方が知られておって、馴染が多い。馬上侯は然し、二階が無いだけ老舗なのだとしてそれを自ら誇っている。店が古ければ古いほど老酒も古いであろうというので、私たちは然し馬上侯を選んだ訳でもない。上海のこのような居酒屋なるものに私が初めて連れて行かれた先が、はしなくも馬上侯であったところから、いつか行きつけの店と成っていたのに過ぎない。中国の詩人の李易壬から、詩の稿料が入ったから共に一杯やりたい、共に談じたいと人を介して言ってこられた時、私は、ではかの馬上侯で――と言った。人というのは矢張り詩人で日本人である。池口という名である。彼も、馬上侯、ウム、賛成と言った。

さて、馬上侯で――未だ私たちはそんなに飲んでいなかったが、

「ダメなるものである！」

李易壬の既に酩酊した如き而して叱咤する如き大声だ。声の主は私の真正面に居たからそれは真直ぐ私の面を打った。

「あのものは……」

眼をカッと剝いて、両手を掛けていたステッキでいらだたしそうに床を突いたかと思うと、自由でない日本語を口にするのを断念して、箸を取った。節の眼立った細く長い指だ。丁度彼の身体のように。そうしてこれも彼の身体のように、細長い箸を盃の酒に浸して、卓上に字を書いて、これですと差し示して、腹立たし気に箸をポンと置いた。奴隷、そう書いてあった。

「ドレイ」

「分りますか」

「分ります」

「あのものは、ゴリキーはこれです、奴隷だ」

共産主義の奴隷であって芸術家ではないと彼は罵る。どういうことからゴリキーの話が出たか、今は忘れたが、彼は突如として自分が侮辱せられたかのようにいきり立ったのである。突如、――そうだ、彼の言葉は常に、中国人には珍らしい、いわば無礼な粗暴な、その代り率直な一種見事な突如感、爆発感を伴わずしては表現せられたことが無いのだったが。

しかしその語気は激しかった。そこに彼の激しい、荒々しく狂熱的な、――見た眼には殆んど狂的とも言うべき芸術への愛が察せられるのであった。彼は早くも酔った如くにも見られた。けれども彼の顔は紙のように蒼かった。彼は盃をあげた。

「が、しかし……」

これは彼の癖であった。

「我々は純粋的なる芸術を、詩を書きます。飲みましょう。我我の芸術の為に……」

狭いその店いっぱいに響き渡るキンキン声を挙げて、細い痩せた胸を昂然とそらせた。私のそれ迄つきあった中国人は誰でもそういう場合は「請々（チンチン）」と物静かに言って恭々しく胸を屈めたものである。

かくて「我々の芸術の為に」乾盃したのち、私は「東亜の芸術の為に」乾盃を乞うた。続いて池口が「中国の文学の為に」と言い、更に李易壬が「日本の文学の為に」と言い、それから、李易壬の詩のために、更に池口の詩の為に、私の小説の為に……。

李易壬は感極まったように叫んだ。

「おお、歴史的なる、浪漫的なる夜だ！」

おおなんと詩人的なる（李易壬は「——的」が好きであった）余りにも詩人的なる……言葉だけでなく、李易壬そのものがそうであったことか。風貌からして実に詩人的だ。詩人的過ぎた……細長い蒼い貴族的な顔の、比較的長い鼻下には薄く鋭い髭を蓄え、神経質な広い額の上には頗る長い優美な髪を蓄え、帽子をかぶらぬ代りに神経のような細いステッキを携えていた。六尺を超えると思える長身を、地はいいが大分古い然し手入れの届いた黒い背広で包み、ネクタイは派手で、ワイシャツが、なんというか孤高の詩人らしく稍傷んでいる。

「私は、詩を書きます」

彼はこの記念すべき宵を詩にするのだと言って、胸ポケットからちびた鉛筆を取り出し、

「老板！」

そう大声で呼び立てなくても、夙に彼の横手には老板ならぬ小僧が顔をニヤニヤさせて立っていた。この奇怪な、中国人らしからぬ中国人の客に対して、中国人の小僧

は、好奇の眼を注ぐのを抑え難かったようである。否、この絶えず奇声を発する詩人は店中の者の眼を集めていた。全く、私にもこのような中国人は初めてであった。彼は酒を命じた。そして紙も。

紙は、酒家には無かった。紙は高かった。老酒を盛った錫の容器のみが運ばれた。詩人は憤然と席を立って帳場へ行った。そして間もなく緑と赤の紙片を持って戻って来た。酒瓶に貼るレッテルだ。緑のには遠年竹青、赤のには遠年太彫と紫色の護謨印が押してある。詩人はむずかしい顔をして緑の紙を睨んだ。

この李易壬に会うのはこれが初めてであったが、私は夙に彼の名は知っていた。彼は詩の同人雑誌を主宰していた。中国に於ける唯一の詩雑誌で、こういう純粋な、損をしながら出している雑誌というのは珍しいのだと池口から聞かされていた。貧乏しながら詩を書いている高邁な男だと聞かされていた。最近の詩集も見たが中国語はよく分らない。池口がそういう私の為に口で訳してくれた。「文学よ、さよなら、詩よ象徴主義よ、今こそはっきりと別れを告げよう」という一節ではじまる長詩「文学への告別」は特に私を打った。「悪の華」よ「地獄の季節」よ、さよなら、ダンテよ、屈原よ、ヴィルジルよ、イリアッドよ、ホイットマンよ、……わがインスピレーションの緑の樹木よ、さよなら、美しき理想と夢のごとき黄金の地平線よ、さよなら、文学よ、詩よ、さよなら！（彼はこう言って、文学へのその激しい愛情の故に文学への告別を叫ぶ。逆説的表現というには余りに悲痛で痛烈であった。）

彼は、「不朽の都市、文化の都市」上海を呪咀する。「肺病と梅毒の都市よ、蝿の幼虫のみちみちた便所……」。上海には、文化は無い。光は無い。希望は無い。金銭万能の上海に、有るのは豚どもの結婚、犬どもの宴会、広告画と商売用宣伝文。（かかる所で彼は詩を書かねばならぬ。即ち彼は飢えねばならぬ。）

彼は珈琲店ヂイディスから追い出されて、静安寺路に出、南京路に出、佗しく外灘（バンド）に向う。江海関の大時計が十二時を打つ。彼はステッキに身をもたせ黄浦江の辺に立ってパイプを取り出して想う。生きて行く空間の無いことを、ものを書く場所の無いことを、机も本棚も無いことを、家の無いことを！

時間も余裕も無いことを、
創造の無いことを、
沈思の生活の無いことを、

心の平和と、
　霊魂の午睡の無いことを、
しかも私の動揺する生命の中に、
いつもみちているのは、
あの芸術的苦悶と、
　あの詩的渇望、

　だが彼は栄養不良、痩せさらぼい、顔は窶れ、冬が来ても外套は無い、家も無い、有るものはさすらい、放浪のみ、何処に食を求めたらいいのか、落々たる街を、茫々たる夜を何処へ行く。（彼は叫ぶ。）我に与えよ、生きて行く空間を、ものを書く場所を、机と本棚を、創造に必要な時間と余裕を。我に与えよ、含水炭素を、脂肪を、蛋白質を、ヴィタミンＡＢＣＤを、外套を。でなくば火矢か、宇宙の船を。沙漠と無人島を呉れ。それともジンを狂気を、それとも死を。……

　――パルナシアン的な彼の芸術愛は必らずしも私の同意し得るものではなかった。然し乍ら彼の炎上する情熱は私を打った。そうして私の内に頭を擡げた批判的なものを私が黙って抑えたのは彼のその野蛮な情熱に新しい中国のひとつの曙光を感じたからであった。中国文学のと言わず、中国の曙光と私は敢て言う。私はそして是非いちど度その人間に接して見たいと思っていた矢先、当の詩人にこうして会うことを得たのだが、詩人は正しく詩の印象と同じであった。寧ろ詩そのものであったと言う可きか。生きた詩。

私のそれまで接してきた中国の文化人はおおむね、中国文化のあの大いなる古さと古さからの微妙な美しさを私に印象づけた。そして時には古さからの頽廃を感じさせた。礼儀正しい人あたりの良さにさえ、私はいつか頽廃を見て、心は寂しかった。そこへこの李易壬だ。だが、果して、この余りにも詩人的な李易壬は、私が中国のうちに喜びを以って発見できた新しさというものと為し得るだろうか。私の喜びのうちには不安があった。不思議な不安を感ずることによって、それを通して、喜びが感じ得られたと言ってもいい。……

李易壬は鉛筆を置くと、長い身体をゆらゆらと左右に振って快さそうに笑って、

「見よ、これが詩です。これ、なんと言いますか、これ」

壁一面にたかだかと積み上げた古い紹興酒の甕をステッキで差した。

「ツボ？　カメ？　これが詩の文字。そしてですね、これが（と手を大きく壁に向けて振って）これが詩です。ああ、仲仲素晴しい。――愉快だ」

本当に愉快そうに颯爽と哄笑した。そういう彼の笑い、彼の言葉は、たとえば虹のように美しかった。大空に儚く夢幻的に描かれたそして夢幻でなくてそこにちゃんとあるところの虹のように――。酒甕のひとつひとつが文字で、だから壁一面に詩が書かれてあるというのだ。その奇想に私たちも楽しく笑ったのであったが、楽しさは、奇想のなかよりも、奇想を楽しむ彼のなかから湧いて来た。何か健康そうな楽しさであった。彼はその奇想を練って他日一篇の詩として発表する心算だと言い、即興詩にして披露することを控えた。彼は随分と飲んだが酔っていなかった。

では代りに僕が自作詩を朗読しようとガリガリ頭の池口が言った。李易壬に与える詩、未定稿だがと彼はノートを開いた。

…………

しかも尚君は
「世界の詩は日本から」という僕の言葉に

「世界の詩は中国から」と頑固にいう
ああ地球の動乱の日の
かかる亜細亜の稚い諍いを
世界の誰が知っていよう
五十五元の竹葉青よ
六十五元の花彫よ
もう一片だけ買える二人の財布よ
君も貧乏
僕も貧乏
君の子供はよく病気し
僕の二人もよく泣く
しかし何と豊富な君と僕の饒舌
政治など口にしなくとも
もう充分だ
君はがむしゃらに中国を愛し

僕はがむしゃらに日本を愛し
君は僕らの友だ
君とわれらは充実している
…………

全く、浪漫的なる夜であった。私たちは幸福であった。身うちに熱い幸福感が溢れた。熱い友情の齎らす幸福感であった。私はその夜の記念にと貧しい自著に署名をして李易壬に贈った。

高長興には二階がある。その二階で私は再び李易壬に会った。いや再びと言えるかどうか。

前節の夜から何日位経ってのことだったか、——返礼の盃を李易壬と交したいと思っているところへ、友人から電話があって李易壬に会わないかという。その友人は池口と違う。中学の同級生で、上海で商売をしていた。どういう商売か、私にはあかさないから分らない。私も詮索を慎んだ。

こうして四馬路の高長興へ行ったのだが、黒瀬（友人）が私に「詩人の李易壬氏だ」と言って紹介したのは、先夜の李易壬とは全く別人なのだったから驚いた。いや、人は慥かに違うが、その痩身、蒼白の細面、その長髪鼻下の髭、そしてステッキ、これらがそっくり同じなのだったから驚いた。

「あなたが李易壬さん」

「宜しく」

と第二の李易壬は囁くような然しよく通る落ち着いた声で言って、「請坐（チンツォ）」と椅子に手を向けたが、その指には指輪があった。これは先夜の李易壬と違う。

蟹はまだ脂ののっていない、まだ早い頃であったが、私には珍しいだろうと、はしりの蟹が注文された。馬上侯では瓜の種子、鴨の卵の泥漬などしか店に無いが、ここでは簡単な料理が取れる。私は第二の李易壬が日本の文学界の動静に関して質問を発するのに言葉すくなく答えていた。私の心は重くそのくせ穏かでなかったからである。質問はなかなか追及的で、追及的で有りうる為には日本の文学界に興味だけではない知識を持ってなくてはならない。先夜の李易壬が薩張りそのような問いを発しなかったことを思うと、後から現れた李易壬を頭から贋者扱いも出来なくなった。余りにも詩人的過ぎる第一の李易壬がそれ故却って胡散臭くも成ってくる。

「最近、李さんは『出発』という詩集を出したが……」

黒瀬の言うのを私は、

「見た」

と遮った。「あのなかの『文学への告別』は感心しました」

これは李易壬に言ったのだが、

「告別からの出発、絶望からの出発――」

と黒瀬が言った。この友人は中学生の頃早熟な文学愛好者だった。その口調は今でもそうらしいことを示していた。李易壬に就いて更にこう言った。底をついた所から立ち上っている、そこに彼の詩の調子の高さと強靭さがある、丁度彼の柔和な物腰のなかに強い心が秘められているのと等しく。

「いいえ、まだ出発しません。出発したいと思っているのです」

この李易壬の方が日本語は巧みである。柔和な言い方であり、実際、柔和な物腰であった。そうして何処か暗かった。顔色の悪い（これは先夜の李易壬よりひどかった）薄い頬に絶えず微笑を浮べていたが、その放射する社交的な暖かさは遺憾乍らしんの病的な冷たさで随分と減殺されている感じであった。

ふと私は、その寒々とした風が身うちに吹き通っている風な彼に、詩人を感じた。そして「文学への告別」の詩人を正にそこに感じた。同時にその暗い詩の今まで気付かなかった面が鮮やかに見えて来た。この眼前の詩人の「文学への告別」は叫びでなくつぶやきであった。暗鬱な低声であった。外への怒号でなく自分に与える歌であった。そうだ、微笑（眼前のその微笑だ）さえ浮べた諦観であった。ここに「文学への告別」に対する別個の理解が生じた。否、むしろこの方がこの長詩は生きてくるようだ。その時そう感じた。詩の内部に傷つき流れる血が感じられる。

一方に於いて混迷が深まった。この詩人と先夜の詩人と、どちらがほんものの李易壬だ。どちらが「文学への告別」の作者だ。そして、先夜の詩人が余りに詩人的過ぎる故、偽物と思う方に心は傾きがちであったけれど、いざとなると妙に絶ち難い愛着があった。却って湧き立ってくる愛情があった。私は遂に、ついせんだって、李易壬という別の詩人に会ったのですがと言ってしまった。

「そうですか」

眼前の李易壬は例の微笑を変えないで静かに頷いた。更に動揺のない微笑に私は不気味な仮面を見る気持だった。彼は直ちに言った。「あなたは、彼をどう思いますか」。

「どう？」

別の李易壬の存在をこの李易壬が知っているらしいということは私をまた驚かした。

「あなたは知っているのですか」

「知っています」

「………」

「よく知っています」

そしてその人物にどういう感想を持ったかと問う。私はやや返事に窮した。少しく風変りな人物だと言う他はなかった。自分のうちに相手に対する妥協的なものを感じつつ。そしてそう言いながら、私はその風変りな人物に初めて会った時の私の痛烈なとも言っていい喜びの情を思い出させられた。その喜びのうちには不安があったが。そう言えば、この眼前の李易壬に対しては、不安も感じないが、そのかわり会った喜びも無いことに、その時私は突然、痛烈に思い当った。

「あれは……（眼をパチパチと瞬いて）彼は瘋癲です！」

と眼前の憂愁詩人は言った。気違いなのだという彼の声はそれまでと違ったきびしいものだった。変なことにそれは世間人のよく示すあの常識的なきびしさを私の心に伝えた。

「気違い？」

「ほんとうの気違いではないかもしれません。然し気違いと同じです。気違いと同じものは気違いです」

「フーン」

でも――と私は、彼のうちに中国の芸術家の新しい型を見たような気がしたがと瘋癲詩人をとにかく擁護した。そうすると相手は、

「困ります。それは困ります」

抗議といわんよりは哀願に近かった。あんな粗野な出鱈目な瘋癲は中国人の恥だと言う。中国の伝統であり誇りである礼のデリカシーを弁えないかかる破壊的な人間は、中国人ではない。中国的人間性を持たぬ出来損いである。ああいう瘋癲から中国人や中国文学を判断されては迷惑である。辞は低く、意味するところは鋭利であった。

「あなたはク・フン・ミンのザ・スピリット・オヴ・ザ・チャイニーズ・ピープルを読みましたか」

そういう彼の声は、特に英語の発音の折は、女のような、いいえ違う、やっぱり男の声ではあるが変に甘ったるい媚びるような声だった。

「辜鴻銘さ」

と黒瀬が耳の上のポマードで光った毛を撫でつけながら横から言った。「読んだことない？　いい本だぜ。一読の必要があるな」。

「その表紙にドイツの詩人（と特に言った）ゲーテの言葉が載せてあります。この世に平安を齎らす力に二つある。正義（レヒト）と技巧（シックリヒカイト）」この二つは中国文化の伝統でもあると中国の詩人は言った。特に技巧なるものを尊ぶ。中国的技巧は礼である。礼の精神を知らないのがそれ故新時代のごとくに見えるのは、心ある中国人の恥とする所である。かの瘋癲詩人はそれだと言う。

「すると彼は李易壬さんの名を騙る者という訳ですね。何をしている人ですか」

詩人は詩人だという答えで、

「私の雑誌の同人です」

その時、ひとりの中国人が私の身近にすり寄って来て、白紙の細片に赤インキで何か印刷したものを私の鼻先に差出した。楽々歌女社——社員優美、導界領袖とあるのが眼に入った。ひとつ呼んでみようかと黒瀬が私に言った。「どうせ、ここらへ来るのは、碌なのはいないがね」。紙の裏に、楽珍、楽梅、楽鳳、楽琴、楽宝……と数十の社員即ち芸者の名が連ねてある。こんな邪魔が入った私は贋李易壬の本名を聞きただす機会を失した。

「呼びましょうか」

と李易壬も言った。

「いや、今夜は……」

真面目な話がしたいから——そういう意味でそれ迄は言わずそう言ったが、曖昧だったので儀礼的辞退とこの礼を尊ぶ詩人は取ったのか、彼は直ちに、ではと札撒きの男に、遊び慣れた、というより世慣れた風の顔を向けた。光りを受けたその蟀谷に青い静脈が透けて見えた。

この時、どういう加減か、私は先夜の贋李易壬の或る愛すべき所業を脳裡に思い浮べた。それは妙なことに私のうちに微かながら一種の羞恥を掻き立てた。宛かも私の思い出した彼の所業が実は私の恥しい所業であったかのような——。

それはこういうのだ。卓子の上に錫器が何本か並んで宴酣と成った頃、贋李易壬は思い出したように上衣の内ポケットにそっと手を入れ、何かを指先でたしかめては安堵した如く肩をおろす。内ポケットを、眼をカッと開いて覗き込む場合もあった。そして一度、彼がポケットから眼を離した時、その眼と私の眼のぶつかったことがあった。すると彼は、

「まだ居ります」

そう言って笑った。照れた言い草でもバツの悪さをまぎらす笑いでもなかった。子供のように笑ったのである。詩の稿料が裸かでポケットに入れてあるのだ。

私にも、こういう、大分飲んだが足が出はせぬかと気に成って、便所などで秘かに有り金をしらべるといった経験があったから、彼の心理は分るのだった。金持には分らない心理である。金持は冷笑するであろう所業である。しかし、心理の動きのままに公然とやってのけ、公然と言ってのける彼の態度は、金持でも冷笑のできない種類のものであった。これに反し、隠し立てなどして自ら恥しいと認めている私の場合は、これは恥しいことに違いなかろうが。

私はこうした贋李易壬に言うに言われぬ懐しさを覚えた。今すぐ飛んで行って手を取りたい、切ない友情を感じた。眼前の李易壬からさんざ悪口を言われたその反作用

もあるかもしれぬ。

あの人のいい、影の全くない彼がどうして他人の名を騙ったりするのか。騙ったりできるのか。

瘋癲と罵られた。だが彼は、罵った眼前の李易壬よりも健康的で明るい印象を私のうちにくっきりと残している。眼前の李易壬は、瘋癲でなくても何か病的であった。病的でまた俗物的であった。ついさっき詩人を感じたのに早くもその反対の幻滅が来ていた。

私たちの間には聽て、南京政府、重慶、延安、和平、抗戦、英美（米）勢力といった単語の屢々出てくる話が取りかわされていた。私は聞き手で、主として会話は他の二人が行っていた。私は軽率な性でないことはないが、往来にも等しいこういう場所でそういう話をすることは慎しみたいとする方であった。

更に私は、中国の詩人と日本の作家とが会っているのだから、先夜の偽李易壬との場合のように文学に関する熱烈な話がしたかった。芸術的な雰囲気を欲した。そこに友情を燃え上らせたい。詩人の池口の代りに詩人ならぬ黒瀬がいるせいであろうか。私は卓子の上にどっかと置かれた黒瀬の大きな拳に眼をやりながら、この中国というところはどうしてこう日本人を悉く「政治家」にするのだろうと、そんな事を独りで考えていた。猫も杓子も政治を談ずる。政治家でなく、あやしげな政治家気取り、或は実行を伴わない政論家、政治力のない空論家。私も中国に入った当座は、そうした杓子のひとつに成った。出が作家であるところから私は文化工作などということを小慧しく論じたり画策したりした。

するうち私は、自分が作家である以上は、柄にもない卑小な画策屋になるよりも飽くまで作家として中国人と友達に成ることが即ち私にとっては真実の文化工作だと悟った。文化工作なる言葉自体が嫌いに成った。文化工作を論じているうちは真の文化工作は無い。

私は政治に無関心である方がいいとは決して思わなかった。政治的であることは特に外国にあっては大切だ。大きく政治的であることが。小さな小汚い政論家に成って、作家でもなければ政治家でもないという下らない存在に堕することを嫌った。作家には特にそういう脆さがある。文学愛好者だった黒瀬の政論に、私はそのことを感じた。

その黒瀬に、

「君、なんとか言わんかね」

と、つつかれた私は言った。

「李さんの今のお話ですが、私はそういうお話よりも、李さんは中国人なのだから、先ず中国人として中国を憂える言葉を聞きたい。それが結局東亜のために成り日本のためになる。中国人のあなたが、中国を愛せず、中国をこうすれば日本のためになるというようなことを言うのは可笑しい。はっきり言えば私はいやです。中国がどう成っても日本のためになればというのでは困ります。日本の理想と全然反対です……」

そこへ丸顔の唇を真赤に塗った若い洋装の女がぬうと入って来た。楽々歌女社の社員である。

李易壬はその芸者を坐らせる為に側の椅子から自分の外套を取った。その時、一冊の本が外套の間からずり落ち、本の表紙が開かれた。そこには、先夜贋李易壬の為に書いた私の署名があった。

間もなく私は上海を去った。私はその夜の李易壬にも前の李易壬にも、池口にも黒瀬にも、再び会うことがなくして、去らねばならなかった。

聽て東亜の文学者の集いが中国の首都で行われることに成り、新聞の掲げた中国側の代表の顔触を見ると、李易壬の名もそこに入っていた。

私も亦その集いに加わった。そうして私は李易壬に会った。

「あなたが李易壬さん」

思わず私の口から再びその言葉が出た。「やっぱり、あなたが……」。

私の手を固く懐しそうに握ったのは、最初の李易壬であった。第二の李易壬から瘋癲と罵られた偽者こそほんものであった。私は感極って彼の肩を抱いた。私はこの李易壬がたとえ李易壬でなくとも、やっぱりこの詩人が好きだった。

ひとりの中国人があたふたと彼の側に来た。そして何か口早に言った。

「おお」

と李易壬は叫んだ。

「汪先生が死にました」

その夜、ホテルの食堂へ彼を誘った。日本酒を一緒に飲もうと思った。

池口が盃を彼の前に置くと、

「私、飲みません」

三方白の眼で池口を睨んだ。

「いつか日本酒を一緒に飲んだのに」

「いいえ、——今日は飲みません」

ステッキを握り締めて、咆哮する如くに言った。「汪先生、なくなりました。私、悲しい。中国人みんな悲しい！」

汪首席逝去に哀悼の意を表すべく三箇月間断じて酒を断つと言う。

「おお」

と私は叫んだ。このパルナシアンの、この「中国人の恥」の彼が……。この芸術以外のものに隷属する芸術をあのように痛罵した狂熱的な芸術至上主義者の彼、「礼の精神を知らない」瘋癲詩人の彼が……。

彼は怒ったような表情を続けたまま、また言った。

「個人的なる悲しみも私の心に居ります（彼は原始人の如く野蛮に胸を叩いた）。昨日、私のもっとも親しい人が死にました」

私たちは黙っていた。彼はひとりで言った。

「あなたの知っている人です。李易壬……」

「李易壬？」

「もうひとりの李易壬。——が、然し、あのものは詩人ではありません」

ジン「秦の出発」

豊島與志雄

　喧騒の都市上海の目貫の場所にも、思わぬところに閑静な一隅がある。円明園路の松崎の事務所もその一つだ。街路には通行人の姿さえ見えないことがあり、煙草の屋台店がぽつねんとして――私はいつもここで煙草を買うことにしていた。その屋台店の近くの大楼の六階に松崎の事務所はある。南の窓一面に陽を受け、東の窓からは、煉瓦塀越しに、英国領事館内の木立が見下され、茂みの中から小鳥の声が聞えてくる。

　この事務所に、松崎はりっぱな碁盤を一つ備えていた。商会の看板は出ているが、人の出入は稀で、とっつきの広間に体軀逞ましい二三の事務員が居るきり、めったに開かれないらしい大きな帳簿を前にして、雑誌を読んだり小声で話しあったりして、広すぎる応接室といった感じだ。その片隅を横ぎって、木の扉を開くと、松崎の室になる。書棚、贅沢な椅子類、窓際に碁盤……。私は松崎とよく碁を打った。彼の棋力は私とほぼ同程度だか、棋風は捉えどころがなく、こちらが強く出れば力戦を辞しないし、ふうわりと押せばさらりと受ける。秦啓源も時折やって来て、私達の碁を楽しげに眺めた。盤に向うのは、その他の日華人少数だった。

事務所の様子も風変りだし、碁盤があるのも、上海では異数だが、内実も、ここでは特別な取引が行なわれていたのである。数十万の現金、時には数百万の現金が、鞄につめこまれてここを通過した。逞ましい二三の事務員の手につながってる数多の糸が、あちこちの地下へもぐっていた。旧仏租界の街頭をうろついてる白系ロシア人のブローカーにまで、その一筋は伸ばされていた。それらのことは、至って複雑にも見えるがまた至って簡単だとも言える。然しそれはこの物語とは別な事柄である。

ただ、茲に述べておかなければならないのは、秦啓源が斯かる取引に関係があったことだ。彼の仲間……というより寧ろ彼の部下たちによって、それも主として彼の資金と張浩の慧眼とによって、多くの金属が掘り出された。金や銅は言うまでもなく、モリブデンもあれば、イリヂウムさえもあった。

上海には多くの豪壮な建築があるが、どれにも地下室はない――これは秦啓源の言葉であって、地理的条件から来る実状ではあるが、また比喩とも受け取れる。嘗てはその滞貨が世界の都市中でニューヨークに匹敵すると言われた上海も、随分と貧寒にはなったけれど、まだまだ莫大なものを埋蔵している。而もすべてに於て商売の市場で、金力の前には地下室がないのだ。但し、国際的性格のこの都市は、他国人に対しては慇懃であっても、同国人同士の間では、殊に幇（パン）関係の間では、一種の縄張りとか仁義とかが多少とも存在している。秦啓源は故意に、張浩をしてそれをすべて踏みにじらせた。深夜、静安寺路の街頭で、張浩が狙撃されて落命したのも、実はそれが一つの原因だったのである。

この事件について、秦啓源は巧みに自分の名前を隠蔽したし、また警察側の探査を緩和せしめるような態度を取った。事件は闇に葬られた――上海では珍らしからぬことだ。然し、秦啓源は自分の方の不用意を認めたし、またあの夜、東京での旧知星野武夫と久しぶりに飲み歩いたにせよ、自分一個の感慨に耽りすぎた不覚を認めた。それから、張浩への加害者は仲毅生であることをやがて探知した。仲毅生といえば、上海では青幇（チンパン）のうちに可なり顔の売れてる男であるし、張浩ももとはその仲間だったのだ。そして一ケ月ばかり後、秦啓源の腹心の部下たる陳振東の手によって、仲毅生へは特殊な復讐が行なわれたのである。

「遂に機会が押しかけて来た」と秦は私に言って、複雑な微笑を浮べた。

その言葉には、なにか冷りとする気味合があった。私はいろいろ推測して、張浩に関することであろうかと思ったが、実はそんな単純なものではなかったことを、今では理解している。

その日、私は松崎の事務所で碁を打っていた。訪ねて来た男があるというので、廊下に出てみると、楊さんだった。普通に楊さんと呼ばれている六十年配のこの男は、秦啓源の愛人柳丹永のもとで、その保護者と従僕と料理人とをかねたような妙な地位にあった。狡猾なのか朴訥なのか分らぬ人物で、日本語も英語も可なり正確に話したが、決して長い文句は口にしなかった。

その楊さんは私を見ると秦啓源に至急逢いたいと言った。秦が今どこに居るかは私にも分らなかった。

楊さんは探るように私の顔を見ていたが、俄に、途方にくれた様子で頭を振った。そして呟いた。

「奥さんが言われました、血の色見ゆ、血の色見ゆ……」

私が呆然としていると、楊さんはまた繰り返した。

「血の色見ゆ」

漸く私にも分った。聞きただしてみると、前日の午後、その言葉が丹永を通じて現出したのだ。しかも秦の行先は不明である。楊さんはひどく困惑の眼付をした。「心配しなくともよかろう」と私は言った。「たいてい、今晩は秦君に逢えるだろうから、逢ったら、そのことを伝えておくよ」。

楊さんは両手を胸もとに握りあわせ、くどく念を押し、深く辞儀して、帰っていった。

私は松崎の室に戻ったが、大きな薄曇りめいた気懸りがあって、碁にも興がなく、やがて外に出で、蘇州河にぎっしりもやってる小舟を暫く眺め、それからホテルの室に帰って、ベッドの上に身を投げだした。

ところで、この柳丹永のことだが、それを詳しく書くとすれば長い一篇の物語ともなろうから、茲には、この物語に関係ある部分だけを摘記するに止めよう。

彼女は幼い頃から、母に連れられて、鎮江の金山寺にしばしば詣で、其後、参禅の修業を積んだ。それから二十歳すぎた頃、江北のさる道教寺院で、祈禱の秘義を修め、霊界との交渉を得るに至った。数年を経て、上海の市井に隠遁している高僧玄元禅師の導きを受け、霊界との交渉は一種霊感の域へ引戻されると同時にまた深められた。

それだけの経歴ではあるが、祈念する彼女の魂は実に純美であると誰しも認めたそうである。現代の言葉に翻訳すれば、或は精神統一とか或は自己催眠とか或は無我意識への参入とかに、彼女はすぐれた素質を持っていたらしい。祈禱のうちに、或は祈念をこらすうちに、時としては、ふとした忘我の瞬間に、霊界と感応して、大声にその言葉を伝える。しかもその言葉を自分で記憶している。だから彼女は、所謂シャーマンではなく、他界の精霊を意識的に信仰してるのではなく、単に霊気的感応を持つだけであり、随って、神託とか予言とか吉凶判断とかは為さない。

そういう彼女ではあるが、その生活はおよそ右のこととは縁遠い。上海にあっては彼女は、カフェーの女給をしていたことがあり、また、或るフランス人に支那語を教えていたことがあり、また、暫くダンサーをしていたこともある。このダンサー時代に秦啓源は彼女を見出し、大西路の自分の住宅の一翼に住ませた。彼女に身寄りの者はなく、楊さんだけがなにかの縁故者だという。彼女は金銭には甚だ恬淡で、装身具ははでずきで、また種々の化粧品をやたらに買い揃えて喜ぶ癖があった。

このように彼女の両面だけを書き並べると、その実体は怪しくなる。だが、或る夜、私は驚かされた。

その晩私は秦啓源と二人きり、アルカヂアで、踊り子なしのキャバレー・バンドを聞きながら、豊富なザクースカを味わい爽醇なウォートカに酔った。そしてどういう話題の廻り合せか、秦は告白的な低声で丹永のことを語っていた。

「……氷炭相容れず、冷熱並び存しない筈だが、あれのうちには、それが二つとも、りっぱに存在し得るのだ。あれの情熱は、或る時は熱烈に燃えたつが、或る時は無関心以上に冷淡になる。何が契機でそうなるのか、僕には見当もつかない。藁火のように燃えたつかと思えば、水をかけた灰のように冷たくなる。何でそうなるのか分らないだけに、こちらではまごつかされる。女の感情……情熱というものは、一体に長続きしないものであることは、僕も知っているが、あれのは極端だ。何かこう全身的に、全身の機能的に、火と氷との間を振子のように移り動いてゆく。それは僕の理解を超えたものだ」

「それほど大袈裟なものでもなかろう」と私は言ってみた。

秦は素直に首を傾げた。

「僕が誇張して感じてるのかも知れない。けれど、じっと見ていると、心配にもなってくる。熱冷の間を往き来しているうちに、あれの感情……情熱は、何かこう生理的に、一挙に滅びてしまう、ぷつりと切れてしまう、そんな懸念が持たれないでもない」

「病気ではないのかい」

「さあ、医者にかかることを嫌うから、はっきりしないが、熱が出るらしい。肺を病んでるようでもあるし、心臓が弱ってるようでもあるし、神経が疲れてるようでもあるし……どうもよく分らん」

だが、秦の関心がそんなところにあるのでないことは、私にも分った。彼にとって私は、どんなことでも打明け易い相手ではあったとしても、その打明けるべき肝腎なことがまだ不分明だったのだとも言えよう。

暫く沈黙の後に、私は言った。

「まあ、君の愛情で、彼女をやさしく包みこんでしまうんだね」

秦は眼を挙げて、じっと宙を見つめた。

「そいつが問題なんだ。もともと、僕の愛情も……不純だったかも知れない。はじめはあれの一風変ったところに心が惹かれ、それからはあの霊界のことだ。あまり概略的な言い方だけれど、神秘を失うことは精神を失うことだと僕は思っている。キリスト教も、マホメット教も、予言者が出現しなくなってからは堕落した。仏教も、真如探求から衆生済度へ転向してから低俗になった。日本のあのみそぎ修業は——これは君の方がよく知ってる筈だが——神の世界を持ち続けてる間しか、生きた生命はなかろう。神秘、奇蹟、霊界……現代人の知性では理解出来難い何物か、それを失う時には、人間の高い精神も滅びてしまう。と言って、僕は霊界の存在を信ずるのではない。それは信じないが、然し、右の理論だけは確信している。そしてこれがまた東洋の信念なのだ」

こうなってくると、彼は信念の上に現実を構築して、言葉は広汎な天空を翔けめぐる。丹永のことなどは忘れられてしまった。が然し、神秘の論を私と暫く闘わした後に、彼はふと丹永のことを思い出したのである。

「ちょっと、見舞に寄ってくれ。あれは喜ぶよ。饅頭を御馳走しよう」

丹永と饅頭との間に、私は眼をしばたたいた。然し実際のところ、丹永は軽い脳貧血で寝ている筈だったし、また楊さん手製の饅頭は彼女の自慢でもあった。

大西路の秦の住居は、アルカヂアからさほど遠くない。三輪車で行けば間もなくだ。

客間は至って簡素なもので、目を惹く華美なものを殊更に避け、重厚な器具類のみが恐らくは必要以上に備えてある。楊さんは煙草に火をつけてくれ、茶を運んでくれたが、やがて渋い色の三つの器に莫大な量を盛りあげた饅頭が出てきた。

「こんなに沢山、誰が食うのかね」と私は言った。

「これがいつもの癖なんだ」と秦は笑った。

楊州名物の饅頭で、豚肉と蟹と餡との三種になっている。丹永はまたふしぎにこれが好きで、他に食事をとらなくてもこれだけで過す日もあるとかいう。自慢ほどあって味もよく舌ざわりもよい。ウォートカを飲みすぎたあと、この甘っぽい饅頭は殊にうまかった。それは腹をふくらすと共に、アルコール分を落着かせ、話題を少くさせた。

そのところへ、意外にも、柳丹永が出て来たのである。私のつもりでは、饅頭が主で、見舞は従であり、しかも、どうせ丹永の室に行けるわけではなく、見舞の言葉だけを置いて帰るつもりだった。それが、先方から出て来たのだ。

寝間着の上にはおったらしい紫ビロードのガウン姿、それでいて細そりと見え、唐草地模様の桃色のネッカチーフを、黒髪の上からすっぽりと頤へ結んでいる。その絹布からのぞいてる彼女の顔を、私は思わず視つめた。血の気が引いたような白い薄い皮膚の下、緊張した肉に殆んど何等の動きも表情もない。生理的な営みが瞬時に停止して而もなお生きているとするならば、恐らくこういう顔になるだろう。そのなかで、ごく緩やかな動きしかなさない黒目の一点にぽつりと光を浮べ、薄い唇のはじに犬歯の先端が白くほの見えている。

私は彼女の顔を見つめたまま立ち上って、軽く一揖した。彼女も軽く身を屈めた。──私は支那語が話せないし、彼女は日本語が話せないのだ。

秦と彼女とはなにか短い言葉を交わした。彼女は椅子に身をおろして、先の尖った細い指に頤をもたせた。

秦が何か言うと、彼女は私の方を見てうなずいてみせ、それから二人の間にまた短い言葉が連続した。秦の調子にはやさしいいたわりがあり、彼女の調子はへんに機械的だと、私には感ぜられた。

然しそれよりも、随分と強烈な芳香が、さきほどから私の鼻をついてきた。香水の香りに何かの香りが交ったもので、私はその方にも気を取られた。──後で分ったことだが、彼女は軽い眩暈におそわれてベッドに就く時、いつも、コティーの香水をやたらにふりまかせ、白檀香をやたらに焚かせて、その緩急混合の芳香の中に浸るのだった。秦はこのことからして、彼女の所謂脳貧血は、病的症状ではなくて神経的現象だと、簡単に解決していたのである。

彼女の顔の肉は、私が居る間じゅう一度もほぐれなかった。彼女から来る芳香も薄らがなかった。

やがて秦は彼女を連れだし、暫く待たせたあとで、熱い茶を運んでくる楊さんと共に戻って来たが、私は間もなく辞し去った。私の宿ブロードウェー・マンションまではかなり遠く、自動車で送って貰った。

自動車のなかで私は、今見たばかりの夢のような生々しさで、丹永の顔を見ていたし、その香料を嗅いでいた。

そうした彼女の、精神的というよりも寧ろ神経的な存在が、時として霊界の言葉を伝えたのである。

或る時彼女は、友の母親の病気見舞に行き、友と二人で客間にいる時、ふとした沈黙のさなかに、天井を仰いで大声で言った。

「死臭あり、死臭あり」

彼女ははっと我に返って、顔色を変えた。——いつも自分が無意識に発した言葉を意識しているのだ。——友も顔色を変えた。それから二人で手を執りあって泣いた。

一週間後に、友の母親は死んだ。

この種の例はいくらもある。——的中しなかった言葉は、解釈を誤ったのか、或は忘れられてしまったのであろう。

張浩が狙撃された時は、少しく異っていた。

その晩、夕食後、彼女はなんとなく淋しく、久しぶりに祈禱をした。居室の片隅に、亡き母の形見ともいえる古い小さな仏像が、真鍮と赤銅との少しの金具を鏤めた貧しい厨子に納めて、安置してある。その前に彼女は赤い小蠟燭をともし、跪坐して合掌した。

祈禱の文句は折によって異る。仏教の経典の一節のこともあれば、道教の教義の一節のこともある。それを口中で誦しているうちに、身体は羽毛の如く軽やかになり、やがて意識は宙空に散逸する。——だが、この時、合掌した両手が重く感ぜられてきた。重苦しく下へ下へと引きさげられるのだ。いけないな、と彼女は意識した。だが両手は、いつものように自然に美しく上向しないで、重く下へとさがってゆく……。

彼女は祈禱をやめ、平常意識に戻って、ほっと溜息をついた。額に汗がにじんでいた。――何か災があるに違いなかった。

この予見された災のことを、彼女は、秦の不在中に来あわしていた陳振東に話した。陳は笑って取り合わなかった。然しその深夜、張浩が狙撃されたのである。

この時の、全く些細な偶然――災の予兆を丹永が陳振東に話したということが、大きな結果を招いた。

陳振東は霊界のことなどは全然信じない逞ましい精神を持っている。この精神は逞ましいと共に潑剌として健全だ。そして災害が予見されたということが、加害者に対する彼の激怒を煽り立てた。加害者が仲毅生だと分った時、彼の激怒は更に倍加した。

仲毅生は嘗て、秦啓源を訪れてきたことがある。二度目に来た時は柳丹永にもちょっと逢った。五分か十分かの短い訪問で、別に用向もなかったらしいが、張浩に逢いたがってる旨をほのめかした。彼奴、商取引の仲間にはいりたがってるようだ、と秦は笑った。――この嘗ての訪問を陳振東は思い浮べた。それが丹永の予見と結びついて、なにか脅迫的なものを彼に感じさせもしたらしい。

結果は奇怪な復讐となって現われた。――茲に前以て言っておこう。陳振東は二人の仲間を引き連れて、城内地区の裏町の薄暗がりで仲毅生を襲撃し、その左の耳を根本から削ぎ取ってしまった。

この陳振東の心理の動きや仲毅生襲撃事件は、小説的に叙述すれば大変面白い物語になる。然しそれはこの物語の主題と大して関係ないから止めよう。

さて柳丹永のことだが、彼女は午後の陽ざしを浴びて、中庭へ出る石段の上に佇み、数株の落葉樹の植込みを無心に眺めているうち、突然大声で言った。

「血の色見ゆ、血の色見ゆ」

その言葉を彼女は意識して、恐怖に打たれ、室に戻ろうと振向いた。そこに、楊さんが、驚いて目を見張り口をあけて立っていた。

その腕に丹永はすがりついた。身体がひどく違和の感じだった。

楊さんに援けられてベッドに就いた。

楊さんは張浩の時の予兆も知っていただけに、少しく慌てたのである。私もそれを聞いて、ちと肌寒い思いをした。

然し、今になってみると、この時の丹永の霊感は何を指示するものだったか明かでない。仲毅生が耳を削がれたのはその前日のことであったし、また、その翌々日には彼女自身が喀血した。

夕景にはまだ少し間がある頃、秦啓源から私のところへ電話がかかってきた。――一緒に飯でも食べたいからこちらに来てくれないか、というのだ。元気な声だった。薄曇りの空が晴れたような安心を私は覚えた。

彼はパレス・ホテルに一室を取っていて、大西路の家とまあ半々の生活をしていた。謂わば大西路の方は私邸であり隠棲であり、パレスの方は公館であり事務所であった。

私のところからパレスまでは近い。私が行くと、彼は電話で知らせた通り、階下の広間でお茶を飲んでいた。陳振東が同卓にいた。用談を済ましたところらしかった。

彼はパレスにいる時としては珍らしく、支那服を着こんでいた。顔には清新な色合があった。平素、彼の頬の皮膚にはなんだか血色のうすい荒みが漂っていて、一種の心身の消耗を思わせるものがあったが、それが冷水で洗い落されたような工合であり、澄んだ深い眼差しと秀でた鼻筋とがしっとりと落着いていた。その顔を私は久しぶりに美しいと観た。それから久しぶりの彼の支那服の襟元の刺繍を眺めた。

「洪正敏に逢って来たところだ」と彼は言った。

私は黙ってうなずいた。他に返事のしようもなかったのだ。——洪正敏というのは、南市地区に潜居してる青帮(チンパン)の大頭目である。その頃、青帮の頭目としては朱鵬がいて、洪正敏は全く隠退し、表向きに顔を出すことはなかったが、然しその潜勢力は朱鵬を凌ぐものがあると言われていた。

私が珈琲をすすってる間に、秦は陳振東と数語を交わし、陳振東は私の方に鄭重な辞儀をして、外へ出て行った。

「凡て済んだよ」と秦は晴れやかに言った。

私は洪正敏との面会の模様を聞きたかった。秦は何一つ隠そうとしなかった。打明けて話すのが楽しそうでもあった。——珈琲をすすり、煙草をふかし、それから、ごたごた散らかってる室に行って、支那服を背広と着かえ、わざと時間をつぶし、少し後れめに上階の食堂へ行き、食事をしたのだが、その間に彼は断片的に話した。

その断片的なものを、茲に綴り合してみよう。

はじめ、洪正敏が逢ってくれるかどうかが危ぶまれた。然し秦は是非とも彼に面会する必要を感じた。朱鵬などは問題でなく、洪正敏でなければいけなかった。

「僕の見解は正しかった。りっぱな人物だ」と秦は言った。

彼は使をやって面会を求めた。明日の午後二時に……との応諾だった。

彼は支那服をまとい、自動車に乗り、陳振東を連れ、部下の一青年に道案内されて行った。

南市の純粋な支那街の一角に自動車を留めると、そこの路地の入口に、一人の男が待ち受けていた。秦は陳振東と案内者とを自動車に残して、男に導かれた。

路地をはいり、幾つもの門をくぐり、階段を上って、思ったより狭い室に導かれた。その間、案内の男は彼の右手に寄り添い、幾度か彼の右脇に触れたらしかった。彼は内心で苦笑して、左脇の懐をそっと押さえた。そこに、小さな拳銃をひそめていたのである。

「万一の用心だ」と秦は言った。「仲毅生のことも先方に知れてる筈だったからね」。

室の中には、壁面に多くの書画の掛物、机上に陶製や銅製の古い花瓶、窓際に多くの椅子……そして片隅の机上に、写真帳が堆く積まれていたが、それは各地の風光の写真らしく見えた。

案内の男は他の男と代り、秦は中央の小卓の前の榻に腰をおろした。煙草と茶とが出た。——面会中それだけのもてなしだった。

洪正敏が出て来ると、男は秦啓源を改めて披露した。洪はうなずいて、秦を見た。秦は鄭重に挨拶した。洪は男を室から去らして、小卓ごしに秦と向い合って席についた。

「あなたのことは知っていた。私からも逢いたく思っていた」と洪は笑顔で言った。

七十歳に近い洪は、まだ矍鑠たるもので、肩には肉の厚みも見え、髪は短く刈り、顔色は浅黒く、太い眉と細めの眼とが特徴である。そしてその顔にも態度にも、善良そうないたわりの気味が現われてるのを、秦は意外にかつ不思議に感じた。なにか予期に反したのである。

この予期外れが、対話をも予期外れのものとなした。秦は腹蔵なく語り出したのである。

彼は上海の内臓を探るつもりで金属の商取引にも手を出したが、多くの豪壮な建築に地下室が殆んど無いことから、他のことを発見した。泥土地帯の上に構築されたこの都市は、地下三尺のところはもう水である。豪雨があれば、目貫の街路にも出水三尺に及ぶ。四百万から五百万の人口がその水上に住んでいるのだ。これらの人々が作り出す汚水はどう処置されているか。浄化所は今のところ三ケ所あって、通風、攪拌、消毒、沈澱などの工作の後、河中に放出されているが、その浄化所へ汚水を導くポンプには、莫大な電力が消費される。然しこの汚水浄化系統の地区は全市から見れば僅少なもので、大部分の地区、殊に支那人居住地区では、汚水は馬桶（モードン）から舟に移され、舟で田舎へ運ばれ、肥料として売却されている。この売上代金は更に莫大だ。嘗ての工部局時代、右の電力費用は年に約百万元だったし、汚水売却の収入は年に約千万元だった。

「この事実をどう見られますか」と秦は言った。

「その御質問の意味は……」と洪は問い返した。

「上海が農村を愚弄してることについて腹が立つのです。上海が真の近代都市ならば、汚水浄化に何百倍の電力を消費しても構いませんが、真の中国の都市ならば、余った汚水は極めて安価にあるいは無償で農村に配布すべきでしょう」

洪は真面目にうなずいて、秦の顔をじっと眺めた。

「私は上海の人間も嫌になりました」と秦は言った。

そして彼は、彼の家にいる梅安の話をした。田舎から来てるこの女中は、その郷里に小さな女の子を一人持っていた。秦は彼女に、日本の知人から貰った友禅金巾の反物を与えた。年末近くのことだった。彼女はその金巾を、夜更けまで裁縫し、最後には徹夜までした。楊さんからそのことを聞いて、彼女に問いただすと、彼女は田舎の娘のために、正月の晴衣を縫ったのだ。正月のまにあいますようにというのが、彼女の一心だった。――今年ももう年末近くで、秦は梅安のことを思い出し、蘇州の模様絹を買って与えた。彼女はいたく喜んで、娘のために裁縫をしているのである。

「こういう女を、いや、こういう人情を、ほかに上海で見かけられますか」と秦は尋ねた。

洪は頭を振った。

「上海がそういう人情を失ったのは、農精神を全然喪失したからです」

だから上海には、平時でも十万から二十万に及ぶ苦力と乞食がうようよしていたし、冬期には月に二三千人の凍餓死者を出したことも珍らしくない。彼等をすべて農村へ帰農させるべきだ。米麦の耕作の合間には、棉を栽培してもよかろうし、豚を飼育してもよかろう。もしも棉栽培が全耕地の五パーセントに達すれば、その収穫は全東亜を優に賄えるし、豚の頸毛は生糸よりも優秀な利用価値がある。好んで乞食や苦力の生活に執着する必要はないのだ。

「上海人種は、そういうことをすべて忘れています」と秦は言った。

「左様」と洪は同意した。「上海は、あなたが説かれるような農の意識を失っている。然し国家存立には、他の精神も必要だろうからな」。

「いや、私が言うのは、農精神を基調とした新たな構想の国民組織を行なわなければ、中国は国家として存立し得ないということです。嘗ての新生活運動だの、近頃の新国民運動だの、保甲組織だの、そういう浅薄なものでは駄目だということです」

洪はじっと秦を見つめた。

「つまり、あなたはどこか農村へ出て行くつもりで、それで、この私に何か後事を託そうとでも……」

「後事を……いや、ちょっと始末をつけたいのです」

秦は洪の眼を見返した。洪の眼はそれでも、静かな温容を湛えて、秦を見戍っていた。

沈黙が続いた。会談中に何回か運ばれた熱い茶が、また同じ男の手で運ばれてきた。その男が出て行った時、秦は懐をさぐって、小さな紙包を取り出した。

「これを、持主に返して貰いたいのです」

小卓の上に置かれた紙包を、洪はじろりと見やった。

「拝見しても宜しいか」

「どうぞ」

包み紙の下の白紙には、仲毅生の名前が誌されていた。その中は油紙で、根本から切り取られた人間の耳朶が包んであった。もう黒ずんだ血をにじませて少しく干乾びていた。

洪はそれをまた包み直して言った。

「彼奴のことは承知していた。それにしても、面倒なことをなされたものだ」

「面倒とは……」

「後の始末だ。一挙にやっつけた方が簡単だったろう」

「僕が手を下したのではありません」

「それも承知しているが……」

洪は立ち上って、紙包を戸棚にのせた。

ふしぎなことに、それらの対話と受け流しとが、至って平静に為されてしまったのである。それが殊に秦の予期に反した。彼は額にかるく汗ばみ、疲労を覚えた。

用件は済んだ。秦は立ち上って辞去した。洪は階段の上まで見送ってきた。

最初に案内してくれた男が出て来て、秦に自動車まで付き添ってきた。

自動車の中で、秦は長い間沈黙していた。陳振東もそばで沈黙を守っていた。二十五歳のこの強健な鋭敏な男は、なにか忌々しそうに眉根を寄せていた。


パレスの上階の食堂で軽く夕食をとりながら、秦は呟いた。

「何か大事なことを、洪正敏に言い忘れたような気がするんだが……」

「いや、それはもうすべて済んだ。この方面のことは簡単率直だから」

そして彼は突然笑いだした。

「おかしいだろう。君から見たら、僕は道化役者のようだ。或る時は夢想詩人だし、或る時は半ば狂気な女をもてあつかってる色男だし、或る時はまた仁俠の徒だからね。それも上海の仕業だ。もうこんな生活にも倦き倦きしたよ」

「いよいよ、無錫の田舎に引込むのかい」

「うむ、丁度いい機会のようだ。引込むといっても、無錫は上海から急行で二時間のところだ。時々出て来るよ。ただ、生活は……仕事は、全然新らしい方面への出発となるだろう」

彼は窓から外に眼をやり、暮れかけた黄浦江のどんよりした水面を眺めた。——私たちの食卓は窓際にあったので、江上の小舟までも見えた。

「そのうちに、無錫附近を案内するよ。あの辺は、こんな濁った水ばかりでなく、清澄な小川が多い。町から少し離るれば、有名な梅園があるし、太湖の眺望も楽しめる。農村は君には興味がないとしても、無錫の町それ自体は、中国殆んど唯一の自力興起工業都市で、生糸や紡績や製粉の工場が軒を並べている。なにかしら清明で潑剌としているよ」

「農業を言い落すのはおかしいね」と私は微笑した。

「言うまでもないことだからさ、米や麦は最上等のものが穫れる。然しそのようなことより、無錫の軽工業地帯は、なお農精神を失っていないのが最も注目すべき点だ。農精神を失わない工業というものを、僕は考えているよ。そこに本当の生産の喜びが現代にも生きてくる……」

こういう事柄になると、私はいつも黙って、謹聴することにしていた。彼の思想……構想を自由に発展さしておきたかったのである。だが、その食堂で、私は他のことに気が惹かれてもいた。

　二卓ほど距てた斜め横に、どうも見覚えのあるような中年の男がいた。茶色の背広に蝶ネクタイをし、髪に油をぬっている。食卓にはビール瓶が立っていた。その男が、しきりに私たちの方に目をつけていた。秦は気付いているのかいないのか分らないが、なんだかその男の方面から顔をそ向けてる様子だった。

　果してその男は、私たちが食事をすまして珈琲を飲みかけると、静に立ってきて秦に挨拶をした。秦は露骨に冷淡な態度を示した。然し相手はあくまで慇懃な態度で話しかけ、にこやかな微笑を浮かべ続けていた。私には支那語が分らないので話の内容は不明だったが、二人の外見の対照は面白かった。秦はへんに伊達好みな服で、不愛想に取り澄しているし、相手は服装から物腰から言葉付きまで、社交馴れた紳士らしい趣きがあり、顔には微笑を絶やさないのだ。

　秦は私の方に眼配せをした。私は珈琲を飲み干したが、秦は半ば飲み残したまま立ち上った。

　廊下に出ると私は尋ねた。

「何だい、あの男は」

「知ってるだろう、周鈞さ」

周鈞といえば、多方面に知られてる社交家で、本業は貿易商だという触れこみだった。然し、秦たち少数の者の間には、大体その本性が推察されていたのである。——周は全く各方面に知人が多く、それがまた多岐に亘っていて、政治的に、日本側とも、南京政府側とも、重慶政府側とも、延安政府側とも、また欧洲各国側とも、連絡があるようだった。彼の手を通じて、欧洲某中立国の国籍がその領事館から売られたという話もある。もっとも斯かる政治的関係は、多くは曖昧模糊たることを常とする。ただ確実なのは、某氏は何派だという政治的な符牒を、さも重大事らしく囁きふらしてることである。この囁きを以て、彼は相手の情誼と信頼とをかち得るつもりでいたらしい。

周鈞に限らず、そういう種類の男が沢山うろついていた。そして彼等相互の間では、ひそかに嫉視反目している。

「上海の性格の一面だね」と秦は吐きだすように言った。

その忌々しい気持をまぎらすためか、秦は室に戻るとドライ・ジンの一瓶を取り出して、小さなグラスで飲んだ。

その機会に、私は柳丹永の「血の色見ゆ」の一件を話した。不思議にも、秦はもうそのことを知っていた。

「丹永のことについては、僕はへんに心残りを感ずる。これは僕の方の一種の霊感だが、あれは長くは生きまい」

秦はしみじみと言った。私はなにか冷たい空気を感じて外套を着た。秦も外套を着た。このような時、蟹でも食べに出かけたいのだが、もうその季節も過ぎていた。その上、秦は何かを待ってる様子で、二三回腕時計を見た。

彼が待ってるのは、陳振東だったらしい。陳振東がはいって来ると、彼は居ずまいを直した。

陳はなにかてきぱきと報告した。秦はその一語一語にうなずいてみせた。それから私に言った。

「玄元禅師が、明朝、丹永のところに来てくれるそうだ。あれも安心することだろう」

その配慮は適宜だったたし、秦の霊感もただの杞憂ではなかったと、あとで思いあわされた。——先廻りして言っておこう。丹永は翌日の朝、可なり多量の喀血をした。一時意識を失い、次に恐怖に襲われた。恐怖の後に、平静な衰耗状態に陥った。そこへ、粗服のなかに顔面だけが明朗に輝いてる玄元禅師が来た。禅師は二時間ばかり丹永のそばに坐っていた。祈禱もなく、説教めいたこともなく、沈黙のうちに時々短い言葉を彼女にかけた。彼女も短い言葉で返事をした。午後になると、彼女の表情は、硬直か緊張か見分けのつかない状態のうちに凝り固まった。医者のことを言われると、はっと眼が覚めたように執拗に拒絶した。晩になっても同じ有様で、その夜更け、彼女は秦の手先に縋っていたが、その手の力が俄にゆるむと、ごく静かに、殆んど苦悶もなく、息絶えてしまった。——この柳丹永のことについては、いつか、心静かに私は語りたいと思う。

パレス・ホテルの一室で、私は丹永のことを思い浮べていた。陳振東が秦になにか言うと、秦は微笑して私に言った。

「陳君は、大西路の家に帰れと僕に勧めているんだ」

「勿論、そうしなくてはいけないよ」と私は答えた。

「あちらに帰ると、上海が薄らぐ。もう一晩、上海を楽しんでもよかろう」

それにはなにか皮肉な残忍なものが籠っていた。私はそのものから眼をそらして、陳振東に話しかけた――以下の対話は、秦が中間で通訳してくれたものである。

「陳君は、上海をどう思いますか」

「下らないが面白いと思います」

「というと、人間の低俗さとそれに対する興味ですか」

「少し違います。……まあ、腐りかけた牛肉の旨さですね」

見たところ平凡でただ強健な彼は、明晰な見解を具えていた。

「それでは、容易に上海を捨て難いでしょう」

「いつでも捨てます。然し私は、秦さんについて田舎へ行きますが、時々こちらへも出て来ます。連絡係りです」

「それにしても、上海と田舎と、どちらに住みたいと思いますか」

「それは思想によって決定されることです」

「いや、思想を離れて、単に気持の上で、この濁流……腐りかけた牛肉の味と、さっぱりした野菜の味と、どちらによけい魅力を感じますか」

「そのようなことは、単なる感傷です」

　ここで、秦は通訳をやめて、私に言った。

「陳君には感傷が大敵なんだ。丹永のもとに帰ってやれと僕に言うのも、感傷とは違った意味だ。常に感傷を目の敵にしている。感傷の多い筈の若者が、こういう信条で育っていって、末はどうなるか、ちょっと僕は恐ろしい気もする。陳君と話していると、思想は別として、理想とか信念とかいうものも、感傷と紙一重の差であることに気がついて、冷りとする時がある。然し僕はやはり、感傷をも卻けないで、理想や信念と共に、心の糧としてゆきたいのだ。陳君にもこれから感傷を少し吹きこんでやるつもりだ」

　私はうなずいて答えた。

「その通り陳君に言ってみ給え」

「言ったことがある」

「すると……」

「ひどく嫌な顔をしていた」

　陳は私たちの話の内容をほぼ察したのだろう、嫌な顔をして、拗ねたようにジンを手酌で飲んだ。私と秦は見合って微笑した。然しその晩、秦は大西路の家に帰った。

別れぎわに、三人は強烈なジンで、上海のために乾杯したのである。

数日後、秦啓源はほぼ決定的に上海を去って無錫近郊の田舎に向った。上海から僅かに急行で二時間の所だが、なにか遠方へ出発するような気味合いがあった。陳振東と女中の梅安とが同行した。大西路の家には、楊さんと他の二人の男が留守居している。

私は駅まで見送りに行き、同じく見送りの数人の中から、洪正敏を紹介されて、少しく驚いた。洪正敏が秦の手をしかと握りしめた様子には、一種の愛情が見えた。序に言っておこう。仲毅生のことは洪正敏の手で後始末がされた。彼は可なりの金額を貰って、広東へ追いやられた。なにか狡猾なまた向う見ずな、左耳の無いこの男が、広東でどういうことをしたかは、別な物語に属する。然しそのことについて、私はまだ詳しくは知らない。

熱燗「冬の蠅」

梶井基次郎

冬の蠅とは何か？

よぼよぼと歩いている蠅。指を近づけても逃げない蠅。そして飛べないのかと思っているとやはり飛ぶ蠅。彼らは一体どこで夏ごろの不逞さや憎々しいほどのすばしこさを失って来るのだろう。色は不鮮明に黝んで、翅体は萎縮している。汚い臓物で張り切っていた腹は紙撚のように痩せ細っている。そんな彼らがわれわれの気もつかないような夜具の上などを、いじけ衰えた姿で匍っているのである。

冬から早春にかけて、人は一度ならずそんな蠅を見たにちがいない。それが冬の蠅である。私はいま、この冬私の部屋に棲んでいた彼らから一篇の小説を書こうとしている。

1

冬が来て私は日光浴をやりはじめた。渓間の温泉宿なので日が翳りやすい。渓の風景は朝遅くまでは日影のなかに澄んでいる。やっと十時ごろ渓向うの山に堰きとめられていた日光が閃々と私の窓を射はじめる。窓を開けて仰ぐと、渓の空は虻や蜂の光点が忙しく飛び交っている。白く輝いた蜘蛛の糸が弓形に膨らんで幾条も幾条も流れてゆく（その糸の上には、何という小さな天女！　蜘蛛が乗っているのである。彼らはそうして自分らの身体を渓の此方岸から彼方岸へ運ぶものらしい）。昆虫。昆虫。初冬といっても彼らの活動は空に織るようである。日光が樫の梢に染まりはじめる。するとその梢からは白い水蒸気のようなものが立ち騰る。霜が溶けるのだろうか。溶けた霜が蒸発するのだろうか。いや、それも昆虫である。微粒子のような羽虫がそんな風に群がっている。そこへ日が当ったのである。

私は開け放った窓のなかで半裸体の身体を晒しながら、そうした内湾のように賑やかな渓の空を眺めている。すると彼らがやって来るのである。彼らのやって来るのは私の部屋の天井からである。日蔭ではよぼよぼとしている彼らは日なたのなかへ下りて来るやよみがえったように活気づく。私の脛へひやりととまったり、両脚を挙げて腋の下を掻くような模ねをしたり手を摩りあわせたり、かと思うと弱よわしく飛び立っては絡み合ったりするのである。そうした彼らを見ていると彼らがどんなに日光を怡しんでいるかが憐れなほど理解される。とにかく彼らが嬉戯するような表情をするのは日なたのなかばかりである。それに彼らは窓が明いている間は日なたのなかから一歩も出ようとはしない。日が翳るまで、移ってゆく日なたのなかで遊んでいるのである。虻や蜂があんなにも潑剌と飛び廻っている外気のなかへも決して飛び立とうとはせず、なぜか病人である私を模ねている。しかし何という「生きんとする意志」であろう！　彼らは日光のなかでは交尾することを忘れない。おそらく枯死からはそう遠くない彼らが！

日光浴をするとき私の傍らに彼らを見るのは私の日課のようになってしまっていた。私は微かな好奇心と一種馴染みの気持から彼らを殺したりはしなかった。また夏のころのように猛だけしい蠅捕り蜘蛛がやって来るのでもなかった。そうした外敵からは彼らは安全であったと云えるのである。しかし毎日大抵二匹ずつほどの彼らがなくなって行った。それはほかでもない。牛乳の壜である。私は自分の飲みっ放しを日なたのなかへ置いておく。すると毎日決ったようにそのなかへはいって出られない奴(やつ)が出来た。壜の内側を身体に附着した牛乳を引き摺(ず)りながらのぼって来るのであるが、力のない彼らはどうしても中途で落ちてしまう。私は時どきそれを眺めていたりしたが、こちらが「もう落ちる時分だ」と思うころ、蠅も「ああ、もう落ちそうだ」という風に動かなくなる。そして案の定(じょう)落ちてしまう。それは見ていて決して残酷でなくはなかった。しかしそれを助けてやるというような気持は私の倦怠(アンニュイ)からは起って来ない。彼らはそのまま女中が下げてゆく。蓋(ふた)をしておいてやるという注意もなおのこと出来ない。翌日になるとまた一匹ずつはいって同じことを繰り返していた。

「蠅と日光浴をしている男」。いま諸君の目にはそうした表象が浮かんでいるにちがいない。日光浴を書いたついでに私はもう一つの表象「日光浴をしながら太陽を憎んでいる男」を書いてゆこう。

　私の滞在はこの冬で二た冬目であった。私は好んでこんな山間にやって来ているわけではなかった。私は早く都会へ帰りたい。帰りたいと思いながら二た冬もいてしまったのである。いつまで経(た)っても私の「疲労」は私を解放しなかった。私が都会を想い浮かべるごとに私の「疲労」は絶望に満ちた街々(まちまち)を描き出す。それはいつになっても変改されない。そしてはじめ心に決めていた都会へ帰る日取りはとうの昔に過ぎ去ったまま、いまはその影も形もなくなっていたのである。私は日を浴びていても、否(いな)、日を浴びるときはことに、太陽を憎むことばかり考えていた。結局は私を生かさないであろう太陽。しかもうっとりとした生の幻影で私を瞞(だま)そうとする太陽。おお、私の太陽。私はだらしのない愛情のように太陽が癪(しゃく)に触(さわ)った。裘(けごろも)のようなものは、反対に、緊迫衣(ストレート・ジャケット)のように私を圧迫した。狂人のような悶(もだ)えでそれを引き裂き、私を殺すであろう酷寒のなかの自由をひたすらに私は欲した。

　こうした感情は日光浴の際身体の受ける生理的な変化——旺(さか)んになって来る血行や、それにしたがって鈍麻してゆく頭脳や——そういったもののなかに確かにその原因を持っている。鋭い悲哀を和(やわ)らげ、ほかほかと心を怡します快感は、同時に重っ苦しい不快感である。この不快感は日光浴の済んだあとなんとも云えない虚無的な疲れで病人を打ち敗(ま)かしてしまう。おそらくそれへの嫌悪(けんお)から私のそうした憎悪(ぞうお)も胚胎(はいたい)したのかも知れないのである。

　しかし私の憎悪はそればかりではなく、太陽が風景へ与える効果——眼からの効果——の上にも形成されていた。

私が最後に都会にいたころ――それは冬至に間もないころであったが――私は毎日自分の窓の風景から消えてゆく日影に限りない愛惜を持っていた。私は墨汁のようにこみあげて来る悔恨といらだたしさの感情で、風景を埋めてゆく影を眺めていた。そして落日を見ようとする切なさに駆られながら、見透しのつかない街を慌てふためいてうろうろしたのである。今の私にはもうそんな愛惜はなかった。私は日の当った風景の象徴する幸福な感情を否定するのではない。その幸福は今や私を傷つける。私はそれを憎むのである。

渓の向う側には杉林が山腹を蔽っている。私は太陽光線の偽瞞をいつもその杉林で感じた。昼間日が当っているときそれはただ雑然とした杉の秀の堆積としか見えなかった。それが夕方になり光が空からの反射光線に変るとはっきりした遠近にわかれて来るのだった。一本一本の木が犯しがたい威厳をあらわして来、しんしんと立ち並び、立ち静まって来るのである。そして昼間は感じられなかった地域がそこここに杉の秀並みの間へ想像されるようになる。渓側にはまた樫や椎の常緑樹に交って一本の落葉樹が裸の枝に朱色の実を垂れて立っていた。その色は昼間は白く粉を吹いたように疲れている。それが夕方になると眼が吸いつくばかりの鮮やかさに冴える。元来一つの物に一つの色彩が固有しているというわけのものではない。だから私はそれをも偽瞞と云うのではない。しかし直射光線には偏頗があり、一つの物象の色をその周囲の色との正しい諧調から破ってしまうのである。そればかりではない。全反射がある。日蔭は日表との対照で闇のようになってしまう。なんという雑多な溷濁だろう。そしてすべてそうしたことが日の当った風景を作りあげているのである。そこには感情の弛緩があり、神経の鈍麻があり、理性の偽瞞がある。これがその象徴する幸福の内容である。おそらく世間における幸福がそれらを条件としているように。

私は以前とは反対に渓間を冷たく沈ませてゆく夕方を――わずかの時間しか地上に駐まらない黄昏の厳かな掟を――待つようになった。それは日が地上を去って行ったあと、路の上の潦を白く光らせながら空から下りて来る反射光線である。たとえ人はそのなかでは幸福ではないにしても、そこには私の眼を澄ませ心を透き徹らせる風景があった。

「平俗な日なた奴！　早く消えろ。いくら貴様が風景に愛情を与え、冬の蝿を活気づけても、俺を愚昧化することだけは出来ぬわい。俺は貴様の弟子の外光派に唾をひっかける。俺は今度会ったら医者に抗議を申し込んでやる」

日に当りながら私の憎悪はだんだんたかまってゆく。しかしなんという「生きんとする意志」であろう。日なたのなかの彼らは永久に彼らの怡(たの)しみを見棄(みす)てない。壜のなかの奴も永久に登っては落ち、登っては落ちている。

やがて日が翳りはじめる。高い椎の樹(き)へ隠れるのである。直射光線が気疎(けうと)い回折光線にうつろいはじめる。彼らの影も私の脛の影も不思議な鮮やかさを帯びて来る。そして私は褞袍(どてら)をまとって硝子窓(ガラスまど)を閉ざしかかるのであった。

午後になると私は読書をすることにしていた。彼らはまたそこへやって来た。彼らは私の読んでいる本へ纏(まつ)わりついて、私のはぐる頁(ページ)のためにいつも身体を挟(はさ)み込まれた。それほど彼らは逃げ足が遅い。逃げ足が遅いだけならまだしも、わずかな紙の重みの下で、あたかも梁(はり)に押さえられたように、仰向けになったりして藻掻(もが)かなければならないのだった。私には彼らを殺す意志がなかった。それでそんなとき――ことに食事のときなどは、彼らの足弱がかえって迷惑になった。食膳(しょくぜん)のものへとまりに来るときは追う箸(はし)をことさらゆっくり動かさなくてはならない。さもないと箸の先で汚ならしくも潰(つぶ)れてしまわないとも限らないのである。しかしそれでもまだそれに弾(は)ねられて汁(しる)のなかへ落ち込んだりするのがいた。

最後に彼らを見るのは夜、私が寝床へはいるときであった。彼らはみな天井に貼りついていた。じっと、死んだように貼りついていた。——一体脾弱な彼らは日光のなかで戯れているときでさえ、死んだ蠅が生き返って来て遊んでいるような感じがあった。死んでから幾日も経ち、内臓なども乾きついてしまった蠅がよく埃にまみれて転がっていることがあるが、そんな奴がまたのこのこと生き返って来て遊んでいる。いや、事実そんなことがあるのではなかろうか、といった想像も彼らのみてくれからは充分に許すことが出来るほどであった。そんな彼らが今やじっと天井にとまっている。それはほんとうに死んだようである。

そうした、錯覚に似た彼らを眠るまえ枕の上から眺めていると、私の胸へはいつも廓寥とした深夜の気配が沁みて来た。冬ざれた渓間の旅館は私のほかに宿泊人のない夜がある。そんな部屋はみな電灯が消されている。そして夜が更けるにしたがってなんとなく廃墟に宿っているような心持を誘うのである。私の眼はその荒れ寂びた空想のなかに、恐ろしいまでに鮮やかな一つの場面を思い浮かべる。それは夜深く海の香をたてながら、澄み透った湯を溢れさせている渓傍の浴槽である。そしてその情景はますます私に廃墟の気持を募らせて行く。——天井の彼らを眺めていると私の心はそうした深夜を感じる。深夜のなかへ心が拡がってゆく。そしてそのなかのただ一つの起きている部屋である私の部屋。――天井に彼らのとまっている、死んだようにじっととまっている私の部屋が、孤独な感情とともに私に帰って来る。

火鉢の火は衰えはじめて、硝子窓を潤おしていた湯気はだんだん上から消えて来る。私はそのなかから魚のはらごに似た憂鬱な紋々があらわれて来るのを見る。それは最初の冬、やはりこうして消えて行った水蒸気がいつの間にかそんな紋々を作ってしまったのである。床の間の隅には薄うく埃をかむった薬壜が何本も空になっている。何という倦怠、なんという因循だろう。私の病鬱は、おそらくよその部屋には棲んでいない冬の蝿をさえ棲ませているではないか。いつになったら一体こうしたことにけりがつくのか。

心がそんなことにひっかかると私はいつも不眠を殃いされた。眠れなくなると私は軍艦の進水式を想い浮かべる。その次には小倉百人一首を一首ずつ思い出してはそれの意味を考える。そして最後には考え得られる限りの残虐な自殺の方法を空想し、その積み重ねによって眠りを誘おうとする。がらんとした渓間の旅館の一室で。天井に彼らの貼りついている、死んだようにじっと貼りついている一室で。――

2

その日はよく晴れた温かい日であった。午後私は村の郵便局へ手紙を出しに行った。私は疲れていた。それから渓へ下りてまだ三、四丁も歩かなければならない私の宿へ帰るのがいかにも億劫であった。そこへ一台の乗合自動車が通りかかった。それを見ると私は不意に手を挙げた。そしてそれに乗り込んでしまったのである。

その自動車は村の街道を通る同族のなかでも一種目だった特徴で自分を語っていた。暗い幌のなかの乗客の眼がみな一様に前方を見つめていることや、泥除けそれからステップの上へまで溢れた荷物を麻縄が車体へ縛りつけている恰好や――そんな一種のものものしい特徴で、彼らが今から上り三里下り三里の峠を踰えて半島の南端の港へ十一里の道をゆく自動車であることが一目で知れるのであった。私はそれへ乗ってしまったのである。それにしてはなんという不似合いな客であったろう。私はただ村の郵便局まで来て疲れたというばかりの人間に過ぎないのだった。

日はもう傾いていた。私には何の感想もなかった。ただ私の疲労をまぎらしてゆく快い自動車の動揺ばかりがあった。村の人が背負い網を負って山から帰って来るころで、見知った顔が何度も自動車を除けた。そのたび私はだんだん「意志の中ぶらり」に興味を覚えて来た。そして、それはまたそれで、私の疲労をなにか変った他のものに変えてゆくのだった。やがてその村人にも会わなくなった。自然林が廻った。落日があらわれた。渓の音が遠くなった。年古(としふ)りた杉の柱廊が続いた。冷たい山気が沁みて来た。魔女の跨(また)がった箒(ほうき)のように、自動車は私を高い空へ運んだ。一体どこまでゆこうとするのだろう。峠の隧道(トンネル)を出るともう半島の南である。私の村へ帰るにも次の温泉へゆくにも三里の下り道である。そこへ来たとき、私はやっと自動車を止めた。そして薄暮の山の中へ下りてしまったのである。何のために？　それは私の疲労が知っている。私は腑甲斐(ふがい)ない一人の私を、人里離れた山中へ遺棄してしまったことに、気味のいい嘲笑(ちょうしょう)を感じていた。

　樫鳥が何度も身近から飛び出して私を愕(おど)ろかした。道は小暗い谿襞(たにひだ)を廻って、どこまで行っても展望がひらけなかった。このままで日が暮れてしまってはと、私の心は心細さで一杯であった。幾たびも飛び出す樫鳥は、そんな私を、近くで見る大きな姿で脅かしながら、葉の落ちた欅(けやき)や楢(なら)の枝を匍(は)うように渡って行った。

　最後にとうとう谿が姿をあらわした。杉の秀(ほ)が細胞のように密生しているはるかな谿！　何というそれは巨大な谿だったろう。遠靄(とおもや)のなかには音もきこえない水も動かない滝が小さく小さく懸(か)かっていた。眩暈(めまい)を感じさせるような谿底には丸太を組んだ橇道(そりみち)が寒ざむと白く匍っていた。日は谿向うの尾根へ沈んだところであった。水を打ったような静けさがいまこの谿を領していた。何も動かず何も聴(き)こえないのである。その静けさはひょっと夢かと思うような谿の眺めになおさら夢のような感じを与えていた。

「ここでこのまま日の暮れるまで坐(すわ)っているということは、何という豪奢(ごうしゃ)な心細さだろう」と私は思った。「宿では夕飯の用意が何も知らずに待っている。そして俺は今夜はどうなるかわからない」。

私は私の置き去りにして来た憂鬱な部屋を思い浮かべた。そこでは私は夕餉(ゆうげ)の時分きまって発熱に苦しむのである。私は着物ぐるみ寝床へはいっている。それでもまだ寒い。悪寒(おかん)に慄(ふる)えながら私の頭は何度も浴槽を想像する。「あすこへ漬(つか)ったらどんなに気持いいことだろう」。そして私は階段を下り浴槽の方へ歩いてゆく私自身になる。しかしその想像のなかでは私は決して自分の衣服を脱がない。衣服ぐるみそのなかへはいってしまうのである。私の身体には、そして、支(ささ)えがない。私はぶくぶくと沈んでしまい、浴槽の底へ溺死体のように横たわってしまう。いつもきまってその想像である。そして私は寝床のなかで満潮のように悪寒が退いてゆくのを待っている。――

あたりはだんだん暗くなって来た。日の落ちたあとの水のような光を残して、冴えざえとした星が澄んだ空にあらわれて来た。凍えた指の間の煙草の火が夕闇のなかで色づいて来た。その火の色は曠漠とした周囲のなかでいかにも孤独であった。その火をおいて一点の灯火も見えずにこの谿は暮れてしまおうとしているのである。寒さはだんだん私の身体へ匍い込んで来た。平常外気の冒さない奥の方まで冷え入って、懐ろ手をしてもなんの役にも立たないくらいになって来た。しかし私は暗と寒気がようやく私を勇気づけて来たのを感じた。私はいつの間にか、これから三里の道を歩いて次の温泉までゆくことに自分を予定していた。ひしひしと迫って来る絶望に似たものはだんだん私の心に残酷な欲望を募らせて行った。疲労または倦怠が一たんそうしたものに変ったが最後、いつも私は終りまでその犠牲になり通さなければならないのだった。あたりがとっぷり暮れ、私がやっとそこを立ち上ったとき、私はあたりにまだ光があったときとは全く異った感情で私自身を艤装していた。

私は山の凍てついた空気のなかを暗をわけて歩き出した。身体はすこしも温かくもならなかった。ときどきそれでも私の頰を軽くなでてゆく空気が感じられた。はじめ私はそれを発熱のためか、それとも極端な寒さのなかで起る身体の変調かと思っていた。しかし歩いてゆくうちに、それは昼間の日のほとぼりがまだ斑らに道に残っているためであるらしいことがわかって来た。すると私には凍った闇のなかに昼の日射しがありありと見えるように思えはじめた。一つの灯火も見えない暗というものも私には変な気を起させた。それは灯がついたということで、もしくは灯の光の下で、文明的な私たちははじめて夜を理解するものであるということを信ぜしめるに充分であった。真暗な闇にもかかわらず私はそれが昼間と同じであるような感じを抱いた。星の光っている空は真青であった。道を見分けてゆく方法は昼間の方法と何の変ったこともなかった。道を染めている昼間のほとぼりはなおさらその感じを強くした。

突然私の後ろから風のような音が起った。さっと流れて来る光のなかへ道の上の小石が歯のような影を立てた。一台の自動車が、それを避けている私には一顧の注意も払わずに走り過ぎて行った。しばらく私はぼんやりしていた。自動車はやがて谿襞を廻った向うの道へ姿をあらわした。しかしそれは自動車が走っているというより、ヘッドライトをつけた大きな闇が前へ前へ押し寄せてゆくかのように見えるのであった。

それが夢のように消えてしまうとまたあたりは寒い闇に包まれ、空腹した私が暗い情熱に溢れて道を踏んでいた。

「何という苦い絶望した風景であろう。私は私の運命そのままの四囲のなかに歩いている。これは私の心そのままの姿であり、ここにいて私は日なたのなかで感じるような何らの偽瞞をも感じない。私の神経は暗い行く手に向って張り切り、今や決然とした意志を感じる。なんというそれは気持のいいことだろう。定罰のような闇、膚を劈く酷寒。そのなかでこそ私の疲労は快く緊張し新しい戦慄を感じることが出来る。歩け。歩け。へたばるまで歩け」

私は残酷な調子で自分を鞭打った。歩け。歩け。歩き殺してしまえ。

その夜晩く私は半島の南端、港の船着き場を前にして疲れ切った私の身体を立たせていた。私は酒を飲んでいた。しかし心は沈んだまますこしも酔っていなかった。

強い潮の香に混って、瀝青や油の匂いが濃くそのあたりを立てこめていた。もやい綱が船の寝息のようにきしり、それを眠りつかせるように、静かな波のぽちゃぽちゃと舷側を叩く音が、暗い水面にきこえていた。

「××さんはいないかよう！」

静かな空気を破って媚めいた女の声が先ほどから岸で呼んでいた。ぼんやりした灯りを睡むそうに提げている百噸あまりの汽船のともの方から、見えない声が不明瞭になにか答えている。それは重々しいバスである。

「いないのかよう。××さんは」

それはこの港に船の男を相手に媚を売っている女らしく思える。私はその返事のバスに人ごとながら聴き耳をたてたが、相変らず曖昧な言葉が同じように鈍い調子で響くばかりで、やがて女はあきらめたようすでいなくなってしまった。

私は静かな眠った港を前にしながら転変に富んだその夜を回想していた。三里はとっくに歩いたと思っているのにいくらしてもおしまいにならなかった山道や、谿のなかに発電所が見えはじめ、しばらくすると谿の底を提灯が二つ三つ閑かな夜の挨拶を交しながらもつれて行くのが見え、私はそれが大方村の人が温泉へはいりにゆく灯で、温泉はもう真近にちがいないと思い込み、元気を出したのに見事当てがはずれたことや、やっと温泉に着いて凍え疲れた四肢を村人の混み合っている共同湯で温めたときの異様な安堵の感情や、——ほんとうにそれらは回想という言葉にふさわしいくらい一晩の経験としては豊富すぎる内容であった。しかもそれでおしまいというのではなかった。私がやっと腹を膨(ふく)らして人心つくかつかぬに、私の充(み)たされない残酷な欲望はもう一度私に夜の道へ出ることを命令したのであった。私は不安な当てで名前も初耳な次の二里ばかりも離れた温泉へ歩かなければならなかった。その道でとうとう私は迷ってしまい、途方に暮れて暗のなかへ蹲(うずく)まっていたとき、晩い自動車が通りかかり、やっとのことでそれを呼びとめて、予定を変えてこの港の町へ来てしまったのであった。それから私はどこへ行ったか。私はそんなところには一種の嗅覚(きゅうかく)でも持っているかのように、堀割に沿った娼家(しょうか)の家並のなかへ出てしまった。藻草(もぐさ)を纏(まと)ったような船夫たちが何人も群れて、白く化粧した女を調戯(からか)いながら、よろよろと歩いていた。私は二度ほど同じ道を廻り、そして最後に一軒の家へはいった。私は疲れた身体に熱い酒をそそぎ入れた。しかし私は酔わなかった。酌(しゃく)に来た女は秋刀魚船(さんまぶね)の話をした。船員の腕にふさわしい逞(たくま)しい健康そうな女だった。その一人は私に媱をすすめた。私はその金を払ったまま、港のありかをきいて外へ出てしまったのである。

私は近くの沖にゆっくり明滅している廻転灯台の火を眺めながら、永い絵巻のような夜の終りを感じていた。舷の触れ合う音、とも綱の張る音、睡たげな船の灯、すべてが暗く静かにそして内輪で、柔(なご)やかな感傷を誘った。どこかに捜して宿をとろうか、それとも今の女のところへ帰ってゆこうか、それはいずれにしても私の憎悪に充ちた荒々しい心はこの港の埠頭(ふとう)で尽きていた。ながい間私はそこに立っていた。気疎(けうと)い睡気のようなものが私の頭を誘うまで静かな海の暗を見入っていた。――

私はその港を中心にして三日ほどもその附近の温泉で帰る日を延ばした。明るい南の海の色や匂いはなにか私には荒々しく粗雑であった。その上卑俗で薄汚い平野の眺めはすぐに私を倦(あ)かせてしまった。山や渓が鬩(せめ)ぎ合い心を休める余裕や安らかな望みのない私の村の風景がいつか私の身についてしまっていることを私は知った。そして三日の後私はまた私の心を封じるために私の村へ帰って来たのである。

3

私は何日も悪くなった身体を寝床につけていなければならなかった。私には別にさした後悔もなかったが、知った人びとの誰彼がそうしたことを聞けばさぞ陰気になり気を悪くするだろうとそのことばかり思っていた。

そんなある日のこと私はふと自分の部屋に一匹も蠅がいなくなっていることに気がついた。そのことは私を充分驚ろかした。私は考えた。おそらく私の留守中誰も窓を明けて日を入れず火をたいて部屋を温めなかった間に、彼らは寒気のために死んでしまったのではなかろうか。それはありそうなことに思えた。彼らは私の静かな生活の余徳を自分らの生存の条件として生きていたのである。そして私が自分の鬱屈した部屋から逃げだしてわれとわが身を責め虐んでいた間に、彼らはほんとうに寒気と飢えで死んでしまったのである。私はそのことにしばらく憂鬱を感じた。それは私が彼らの死を傷んだためではなく、私にもなにか私を生かしそしていつか私を殺してしまうきまぐれな条件があるような気がしたからであった。私は其奴の幅広い背を見たように思った。それは新しいそして私の自尊心を傷つける空想だった。そして私はその空想からますます陰鬱を加えてゆく私の生活を感じたのである。

からみ酒「足相撲」

嘉村礒多

S社の入口の扉を押して私は往来へ出た。狭い路地に入ると一寸佇んで、蝦蟇口の緩んだ口金を歯で締め合せた。心まちにしていた三宿のZ・K氏の口述になる小説『狂酔者の遺言』の筆記料を私は貰ったのだ。本来なら直に本郷の崖下の家に帰って、前々からの約束である私の女にセルを買ってやるのが人情であったがしかし最近或事件で女の仕草をひどく腹に据えかねていた私は、どう考え直しても気乗りがしなくて、ただ漫然と夕暮の神楽坂の方へ歩いて行った。もう都会には秋が訪れていて、白いものを着ている自分の姿が際立った寂しい感じである。ふと坂上の眼鏡屋の飾窓を覗くと、気にいったのがあって余程心が動いたが、でも、おあしをくずす前に、一応Z・K氏にお礼を言う筋合のものだと気が附いて、私はその足で見附から省線に乗った。

私がZ・K氏を知ったのは、私がF雑誌の編輯に入った前年の二月、談話原稿を貰うために三宿を訪ねた日に始まった。

其日は紀元節で、見窄らしい新開街の家々にも国旗が翻って見えた。そうした商家の軒先に立って私は番地を訪ねなどした。二軒長屋の西側の、壁は落ち障子は破れた二間きりの家の、四畳半の茶呑台の前に坐って、髪の伸びたロイド眼鏡のZ・K氏は、綿の食み出た褞袍を着て前跼みにごほんごほん咳き乍ら、私の用談を聞いた。玄関の二畳には、小説で読まされて旧知の感のある、近所の酒屋の爺さんの好意からだと言う、銘酒山盛りの菰冠りが一本据えてあって、赤ちゃんをねんねこに負ぶった夫人が、栓をぬいた筒口から酒をじかに受けた燗徳利を鉄瓶につけ、小蕪の漬物、焼海苔など肴に酒になった。

やがて日が暮れ体中に酒の沁みるのを待って、いよいよこれから談話を始めようとする前、腹こしらえにと言って蕎麦を出されたが、私は半分ほど食べ残した。するとZ・K氏は真赤に怒って、そんな礼儀を知らん人間に談話は出来んと言って叱り出した。私は直様丼の蓋を取っておつゆ一滴余さず掻込んで謝ったが、Z・K氏の機嫌は直りそうもなく、明日出直して来いと私を突き返した。

翌日も酒で夜を更かし、いざこれから始めようとする所でZ・K氏は、まだ昨夜の君の無礼に対する癇癪玉のとばしりが頭に残っておってやれないから、もう一度来て見ろと言った。仕方なく又次の日に行くと、今度は文句無しに喋舌ってくれた。四方山の話のすえＺ・Ｋ氏は私の、小説家になれればなりたいという志望を聞いて、断じてなれませんなと、古い銀煙管の雁首をポンと火鉢の縁に叩きつけて、吐き出すように言った。昔ひとりの小僧さんが烏の落した熟柿を拾って来てそれを水で洗って己が師僧さんに与えた。すると師僧さんはそれを二分して小僧さんにくれて、二人はおいしいおいしいと言って食べた――という咄をして、それとこれとは凡そ意味が違うけれど、他人の振舞う蕎麦を喰い残すような不謙遜の人間に、どうしてどうして、芸術など出来るものですか、断じて出来っこありませんね、と嶮しい目をして底力のある声で言った。さんざ油を取られたが、そんなことが縁になってか、それからは毎日々々談話をしてくれた。するうち酒屋の借金が嵩んで長い小説の必要に迫られ、Ｓ社に幾らかの前借をして取懸ったのが『狂酔者の遺言』というわけである。

私は自分の雑誌の用事を早目に片付けて午さがりの郊外電車にゆられて毎日通った。口述が渋って来ると逆上して夫人を打つ蹴るは殆ど毎夜のことで、二枚も稿を継げるとすっかり有頂天になって、狭い室内を真っ裸の四つん這いでワンワン吠えながら駈けずり廻り、斯うして片脚を上げて小便するのはおとこ犬、斯うしてお尻を地につけて小便するのはおんな犬、と犬の小便の真似をするかと思うと畳の上に長く垂らした褌の端を漸く歯の生え始めた、ユウ子さんにつかまらしてお山上りを踊り乍ら、K君々々と私を見て、……君は聞いたか、寒山子、拾得つれて二人づれ、ホイホイ、君が責めりゃ、おいら斯うやってユウ子と二人で五老峰に逃げて行くべえ。とそんな出鱈目の馬鹿巫山戯ばかしやった。或日私は堪りかねて催促がましい口を利くと、明日はS社で二百両借りて来いと命じたので、断じて出来ませんと答えるとZ・K氏は少時私をじっと見据えたが、くそ垂れ！　手前などと酒など飲む男かよ、Z・Kともあろう男が！　と毒吐き出して、折から夫人が怫然と色を為した私に吃驚して、仲裁を頼みに酒屋の爺さんを呼びに行って、小腰をかがめてチョコチョコ遣って来た爺さんが玄関を上るなり、Z・K氏は、爺さん爺さん、僕この小僧っ子に馬鹿にされたよと言った。私はお叩頭ひとつして黙って退いた。C雑誌の若い記者が、この角を曲るとめそめそ泣けて来ると言ったその杉籬に添った曲り角まで来ると、私も思わず不覚の涙を零した。が私はここで、一簣にして止めてはならぬ。

肚の虫を殺して翌日は午前に出向くと、Z・K氏は大層喜んで、君昨夜は失敬、僕酔払っていたもので、それにしても好く来てくれましたと丁寧に詫(わ)びて、夫人に向って、これこれ、酒屋の爺さんにKさん来てくれたことを伝えて来い、爺さんひどく気遣(きづか)っていたから、と言付けた。夫人があたふたと出て行くと、Z・K氏は褌を緊(し)め直して真っ裸のまま一閑張(いっかんばり)の机に向い、神妙に膝頭(ひざがしら)に手を置いて苦吟し出した面貌に接すると、やはり、羸鶴(るいかく)寒木に翹(つまだ)ち、狂猿古台に嘯(うそぶ)く——といった風格、貧苦病苦と闘いながら、朝夕に芸道をいそしむ、このいみじき芸術家に対する尊敬と畏怖(いふ)との念が、一枚一円の筆記料の欲しさもさること乍ら、まア七十日を、大雨の日も欠かさず通い詰めさせたというものだろう……。

あれこれと筆記中、肺を煩うZ・K氏に対して思い遣りなく息巻いた自分の態度が省みられたりしているうち、何時(いつ)か三宿に着いた。

「そうでしたか、それで安心しました。実はS社のほうからお礼が出ないとすると、僕何処(どこ)かで借りてもあなたにお礼しようと思ったところなんでした。……あ、あ、そうそう、主幹の方が行き届いた方だから……そうでしたか、僕も安心しました。長々御苦労さん。これからはあなたの勉強が大事。まあ一杯」
独酌(どくしゃく)の盃(さかずき)を置いてZ・K氏は斯う優しく言ってから、私に盃を呉(く)れた。

「発表は新年号？　そうですか。どうでしょう、失敗だったかな、僕はあれで好いとは思うけれど……君はどう思います？」

世評を気にしてそう言うＺ・Ｋ氏も、言われる私も、しばし憮然として言葉が無かった。

が、だんだん酔いが廻って来た時、

「Ｋ君、君を渋谷まで送って行くべえ、二十円ほど飲もうや……。玉川にしようか」

「また、そんなことを言う、Ｋさんだって、お帰んなすって奥さんにお見せなさらなければなりませんよ。いつも人さまの懐中を狙う、悪い癖だ！」

と、夫人が血相変えて台所から飛んで来た。

「何んだ、八十円はちと多過ぎらあ、二十円（原文ママ）パ飲んだかっていいとも、さあ、着物を出せ」

「お父さん、そんな酷いことどの口で言えますか。Ｋさんだって、七十日間の電車賃、お小遣、そりゃ少々じゃありませんよ。玉川へでも行ったら八十円は全部お父さん飲んじまいますよ。そんなことをされてＫさんどう奥さんに申訳がありますか！」

夫人は起ちかけたＺ・Ｋ氏を力一ぱい抑えにかかった。

夫人に言われる迄もなく、石垣からの照り返しの強い崖下の荒屋で、筆記のための特別の入費を内職で稼ぎ出した私の女にも、私は不憫と義理とを忘れてはならない。アーン、アンアンと顔に手を当ててじだんだを踏んで泣き喚いても足りない思いをしてる時、途端、ガラッと格子戸が開いて、羽織袴の、S社の出版部のAさんが、玄関に見えた。

私は吻として、この難場の救主に、どうぞどうぞと言って、自分の座蒲団の裏を返してすすめた。

「先生、突然で恐縮ですが、来年の文章日記へ、ひとつご揮毫をお願いしたいんですが、どうか枉げてひとつ……」

二こと三こと久闊の挨拶が取交わされた後、Aさんは手を揉みながら物馴れた如才ない口調で斯う切り出した。

「我輩、書くべえか……K君、どうしよう、書いてもいいか？」

それは是非お書きになったらいいでしょうと、私はAさんに応援する風を装って話を一切そっちに移すよう上手にZ・K氏に焚き附けた。机辺に戯れるユウ子さんを見て、「われと遊ぶ子」と書こうかとか、いや、「互に憐恤あるべし」に決めようと

Ｚ・Ｋ氏の言っている、そのバイブルの章句に苦笑を覚えながらも、やれやれ助かったわと安堵の太息を吐き吐き、私は墨をすったり筆を洗ったりした。

　感興の機勢で直ぐ筆を揮ったＺ・Ｋ氏は、縦長い鳥子紙の見事な出来栄えにちょっと視入っていたが、くるくる器用に巻いて、では、これを、とＡさんの前に差出したかと思うと、瞬間、手を引っ込めて、

「Ａ君、これタダかね？」と、唇を尖らした。

「いやいや、のちほど、どっさり荷物自動車でお届けいたしますから」

「そうですか。たんもり持って来て下さい。ハハハハハ」

　Ｚ・Ｋ氏は愉快で堪らなかった。とうとう私達を酒屋の爺さんとこへ誘った。

　酒屋へは、有本老人、畳屋の吉さん、表具屋の主人、などコップ酒の常連が詰掛けて、足相撲をやっていた。溜った酒代の貸前が入って上機嫌の爺さんが盆に載せて出したコップの冷酒を一気に呷ったＺ・Ｋ氏は、「さあ、片っ端から、おれにかかって来い」と、尻をまくって痩脛を出した。有本老人はじめ「あッ、痛い、先生にはかなわん」と、後につづく二三人もばたばた負けて脹脛をさすっているのを、私とＡさんとは上框に腰掛けて見ていた。最後にＺ・Ｋ氏は、恰幅の好いＡさんに頻りに勝負

を挑んだが、温厚で上品なAさんは笑って相手にならなかった。その時、どうした誘惑からか、足相撲などに一度の経験もない私は、

「先生、私とやりましょう」と、座敷へ飛び上った。

「ヘン、君がか、笑わせらあ、老ライオンの巨口に二十日鼠一匹——と言いたいところですなあ。口直しにも何んにもなりゃせん。へへへへだ」

二人は相尻居して足と足を組み当てた。

「君、しっかり……」

「先生から……」

Z・K氏は、小馬鹿にしてつん出していた頤を何時の間にか引いて、唇を結んでいきみ出した。

痩せ細ったZ・K氏の脛の剃刀のような骨が自分の肉に切れ込んで来て、コリコリと言った骨を削り取られる音が聞えるような気がしたが私は両手で膝坊主を抱いて、火でも噴きそうな眼を閉じて、歯を喰いしばった。

「……おいら、負けた、もう一遍。もう一遍やり直そう……何に、やらん？ 卑怯だよ卑怯だよ……待て待て、こら、待たんか……」

その声を聞き棄てて、私は時を移さずAさんと一しょに屋外へ出た。世田ヶ谷中学前の暗い石ころ道を、ピリッピリッと火傷のように痛む足を引きずり乍らAさんの後について夜更の停留場へ急いだが、きたない薄縁の上にぺちゃんこに捩伏せた時の、Z・K氏の強い負け惜しみを苦笑に紛らそうとした顔を思うと、この何年にもない痛快な笑いが哄然と込みあげたが、同時に、そう長くは此世に生を恵まれないであろうZ・K氏――いや、私がいろいろの意味で弱り勝ちの場合、あの苛烈な高ぶった心魂をば、ひとえに生涯の宗と願うべきである我が狸洲先生（かれは狸洲と号した）に、ずいぶん御無礼だったことが軈て後悔として残るような気がした。

冷酒「居酒屋の聖人」

坂口安吾

我孫子（あびこ）から利根川をひとつ越すと、ここはもう茨城県で、上野から五十六分しかかからぬのだが、取手（とりで）という町がある。昔は利根川の渡しがあって、水戸様の御本陣など残っている宿場町だが、今は御大師の参詣人と鮒（ふな）釣りの人以外には旅人の立寄らぬ所である。

この町では酒屋が居酒屋で、コップ酒を飲ませ、之れを「トンパチ」とよぶのである。酒屋の親爺の説によると「当八」の意で、一升の酒でコップに八杯しかとれぬ。つまり、一合以上並々とあって盛りがいいという意味だそうだ。コップ一杯十四銭位から十八九銭のところを上下していて、仕入れの値段で毎日のように変っている。ひどく律儀な値段であるが、東京から出掛けてくる僕の友達は大概眼をつぶったり息を殺したりして飲むような酒であった。僕は愛用していた。

トンパチ屋の常連は、近所の百姓と工場の労務者達であったが、百姓の酔態というものは僕の想像を絶していた。僕自身もそうであるが、東京のオデンヤの酔っ払いというものは、各々自分の職域に於て気焔をあげるものである。ところが、百姓達は、俺のうちの茄子は隣の茄子より立派だとか、俺は日本一のジャガ芋作りだとか、決して、こういう自慢話はしないのである。自分の職域に関する気焔は一切あげない。そうして、酔っ払うと、まず腕をまくりあげ、近衛をよんでこい、とか、総理大臣は何をしとる、とか、俺を総理大臣にしてみろ、とか、大概言うことが極っている、忽ち三人ぐらい総理大臣が出来上って、各々当るべからざる気焔をあげ、政策が衝突して立廻りに及んだり、和睦して協力内閣が出来上ったり、とにかくトンパチ屋というものは議会の食堂みたいなものだ。

浅間山中の奈良原という鉱泉に一夏暮らして毎日村の（といっても十五軒しか家がない）人達とコップ酒を飲んでいた時にも、やっぱりこういう気焔をあげる人達であった。中に一人、一向に野良へ出ない親爺があった。この親爺は野良へ出る代りに毎日昆虫網を担いで山中をさまよっている。烏アゲハを探しているのだ。この辺は昆虫採集家の往来する所で、そういう一人がこの親爺に向って、アゲハは三百円もするという耳よりな話を吹きこんで行ったのである。その時以来この親爺は野良の仕事をやめてしまった。尤も、烏アゲハを三百円の金に代えたという話もきいたことがない。けれども彼は悠々と毎日昆虫網を担いで森林を散策しているのである。

僕も少し気になったので、東京の牧野信一へ手紙を出して、烏アゲハが三百円もするかどうか尋ねてみた。牧野信一は二十年も昆虫を採集していて、僕もお供を仰せつかって小田原山中アゲハを追い廻したことなどもあったからである。折返し返事が来て、烏アゲハはたしかに値段のある昆虫だけれども、神田辺で売っている標本は三円ぐらいだったと記憶しているという文面だった。

ある晩、奈良原部落の全住民集って大宴会がひらかれたが、その晩、昆虫親爺の乱酔たるや甚だしく、総理大臣を飛び越して、俺は奈良原の王様だと威張りだした。昆虫親爺には年頃の可愛い娘が二人いるが、この二人が左右からなだめすかして、ようやく王様を連れて帰る始末であった。酔っ払った王様はひどく機嫌が悪かった。相対に、酔っ払った総理大臣というものは、みんな機嫌が悪いのである。

取手の町はずれの西と東に各々一人ずつの怠け百姓がいて、オワイ屋をやっている。この二人で取手の糞尿一切とりあつかっているのだが、性来の怠け者だから糞尿の汲取も怠け放第に怠けて、取手の町は年中糞尿の始末に困っている。ところが、この二人が、揃ってトンパチ屋の常連なのである。一日の仕事を終えると、車に積みこんだ糞尿を横づけにして、二杯目ぐらいに忽ち総理大臣になってしまう。

　この二人はとりわけ仲が悪くもないが、とりわけ仲が良くもない。各々怠け者だから、職業上の競争意識は毛頭なく、あべこべに各々宿酔（ふつかよい）のふてねをして仕事の押しつけっこをやり、町の人々を困らすのである。丁度僕がいるときこの二人が総理大臣になったあげく立廻りに及び各々肥（こえ）ビシャクをふりまわして町中くさくしてしまったことがあった。このとき脂をしぼられて、もう酒を売らないなどと威（おど）されたので、それ以来相当おとなしくなったけれども、総理大臣になって機嫌よく気焔あげているので、この時とばかり俺のうちの糞便を汲んでくれ等と頼もうものなら、忽ちつむじを曲げて、いずれ四五日のうちに、等と拗（す）ねて手に負えなくなる。僕も糞便の始末に困ってお世辞を使ったこともあったが、こん可愛気のない奴もないので、二度と頼まなかった。

　然し、つくづく見ているうちに、百姓がみんな総理大臣の気焔をあげるわけではない、概して、怠け者の百姓に限って総理大臣の気焔をあげがちだ、ということが分ってくると、僕も内心甚だしく穏かでなかった。僕が取手にいた時は全く自信を失って、毎日焦りぬいていながら一字も書くことが出来ないという時でもあった。毎日、ねていた。夕方になると、もっくり起きて、トンパチ屋へ行く。

総理大臣の気焔をきいているのが、身を切られる思いで、つらかったのである。それでも、彼等が各々の職域に属する気焔をあげないので、まだ、きいていることが出来た。

彼等が総理大臣の気焔をやめて俺のうちの茄子は日本一だとか、俺の糞便の汲みとり方は天下一品だ、とか、こういう気焔をあげたなら、居堪れなかった筈である。僕は酔っ払って良く気焔をあげる男だけれども、多分、僕の一生のうちに、取手のトンパチ屋で飲んだ時期が最もおとなしい時期となるに相違ない。宿屋のオバサンは僕のことを聖人だなどと言い、トンカツ屋のオカミサンは僕が毎晩酒を飲むのだということをきいても決して信用しない始末であり、青年団の模範青年は、ある日僕が金に困ってどうしても質屋へ行く必要があり、その案内を頼んだところ、蟇口をもって追っかけて来て、無理矢理二十円押しつけて行く始末であった。まったく不思議な話である。どうしてこんな信頼を博したかというと、総理大臣の気焔に身を切られる思いで、くさり果てていたからであった。

教訓。傍若無人に気焔をあげるべきである。間違っても聖人などとよばれては金輪際仕事はできぬ。

禁酒「禁酒の心」

太宰　治

私は禁酒をしようと思っている。このごろの酒は、ひどく人間を卑屈にするようである。昔は、これに依って所謂浩然之気を養ったものだそうであるが、今は、ただ精神をあさはかにするばかりである。近来私は酒を憎むこと極度である。いやしくも、なすあるところの人物は、今日此際、断じて酒杯を粉砕すべきである。

日頃酒を好む者、いかにその精神、吝嗇卑小になりつつあるか、一升の配給酒の瓶に十五等分の目盛を附し、毎日、きっちり一目盛ずつ飲み、たまに度を過して二目盛飲んだ時には、すなわち一目盛分の水を埋合せ、瓶を横ざまに抱えて震動を与え、酒と水、両者の化合醗酵を企てるなど、まことに失笑を禁じ得ない。また配給の三合の焼酎に、薬缶一ぱいの番茶を加え、その褐色の液を小さいグラスに注いで飲んで、このウィスキイには茶柱が立っている、愉快だ、などと虚栄の負け惜しみを言って、豪放に笑ってみせるが、傍の女房はニコリともしないので、いっそうみじめな風景になる。また昔は、晩酌の最中にひょっこり遠来の友など見えると、やあ、これはいいところへ来て下さった、ちょうど相手が欲しくてならなかったところだ、何も無いが、まあどうです、一ぱい、というような事になって、とみに活気を呈したものであったが、今は、はなはだ陰気である。

「おい、それでは、そろそろ、あの一目盛をはじめるからな、玄関をしめて、錠をおろして、それから雨戸もしめてしまいなさい。人に見られて、羨やましがられても具合いが悪いからな」。なにも一目盛の晩酌を、うらやましがる人も無いのに、そこは精神、吝嗇卑小になっているものだから、それこそ風声鶴唳にも心を驚かし、外の足音にもいちいち肝を冷やして、何かしら自分がひどい大罪でも犯しているような気持になり、世間の誰もかれもみんな自分を恨みに恨んでいるような言うべからざる恐怖と不安と絶望と忿懣と怨嗟と祈りと、実に複雑な心境で部屋の電気を暗くして背中を丸め、チビリチビリと酒をなめるようにして飲んでいる。

「ごめん下さい」と玄関で声がする。

「来たな！」。屹っと身構えて、この酒飲まれてたまるものか。それ、この瓶は戸棚に隠せ、まだ二目盛残ってあるんだ、あすとあさってのぶんだ。この銚子にもまだ三猪口ぶんくらい残っているが、これは寝酒にするんだから、銚子はこのまま、このまま、さわってはいけない、風呂敷でもかぶせて置け、さて、手抜かりは無いか、と部屋中をぎょろりと見まわして、それから急に猫撫声で、

「どなた？」

ああ、書きながらも嘔吐を催す。人間も、こうなっては、既にだめである。浩然之気もへったくれもあったものでない。「月の夜、雪の朝、花のもとにても、心のどかに物語して盃出したる、よろずの興を添うるものなり」などと言っている昔の人の典雅な心境をも少しは学んで、反省するように努めなければならぬ。それほどまでに酒を飲みたいものなのか。夕陽をあかあかと浴びて、汗は滝の如く、髭をはやした立派な男たちが、ビヤホオルの前に行儀よく列を作って、そうして時々、そっと伸びあがってビヤホオルの丸い窓から内部を覗いて、首を振って溜息をついている。なかなか順番がまわって来ないものと見える。内部はまた、いもを洗うような混雑だ。肘と肘とをぶっつけ合い、互いに隣りの客を牽制し、負けず劣らず大声を挙げて、おういビイルを早く、おういビエルなどと東北訛りの者もあり、喧々囂々、やっと一ぱいのビイルにありつき、ほとんど無我夢中で飲み畢るや否や、ごめん、とも言わずに、

次のお客の色黒く眼の光のただならぬのが自分を椅子から押しのけて割り込んで来るのである。すなわち、呆然として退場しなければならぬ。気を取りなおして、よし、もういちど、と更に戸外の長蛇の如き列の末尾について、順番を待つ。これを三度、四度ほど繰り返して、身心共に疲れてぐたりとなり、ああ酔った、と力無く呟いて帰途につくのである。国内に酒が決してそんなに極度に不足しているわけではないと思う。飲む人が此頃多くなったのではないかと私には考えられる。少し不足になったという評判が立ったので、いままで酒を飲んだ事のない人まで、よろしい、いまのうちに一つ、その酒なるものを飲んで置こう、何事も、経験してみなくては損である、実行しよう、という変な如何にも小人のもの欲しげな精神から、配給の酒もとにかくいただく、ビヤホオルというところへも一度突撃して、もまれてみたい、何事にも負けてはならぬ、おでんやというものも一つ、試みたい、カフェというところも話には聞いているが、一たいどんな具合いか、いまのうちに是非実験をしてみたい、などというつまらぬ向上心から、いつのまにやら一ぱしの酒飲みになって、お金の無い時には、一目盛の酒を惜しみ、茶柱の立ったウィスキイを喜び、もう、やめられなくなっている人たちも、かなり多いのではないかと私には思われる。とかく小人は、度しがたいものである。

たまに酒の店などへ行ってみても、実に、いやな事が多い。お客のあさはかな虚栄と卑屈、店のおやじの傲慢貪慾、ああもう酒はいやだ、と行く度毎に私は禁酒の決意をあらたにするのであるが、機が熟さぬとでもいうのか、いまだに断行の運びにいたらぬ。

店へはいる。「いらっしゃい」などと言われて店の者に笑顔で迎えられたのは、あれは昔の事だ。いまは客のほうで笑顔をつくるのである。「こんにちは」と客のほうから店のおやじ、女中などに、満面卑屈の笑をたたえて挨拶して、そうして、黙殺されるのが通例になっているようである。念いりに帽子を取ってお辞儀をして、店のおやじを「旦那」と呼んで、生命保険の勧誘にでも来たのかと思わせる紳士もあるが、これもまさしく酒を飲みに来たお客であって、そうして、やはり黙殺されるのが通例のようになっている。更に念いりな奴は、はいるなりすぐ、店のカウンタアの上に飾られてある植木鉢をいじくりはじめる。「いけないねえ、少し水をやったほうがいい」とおやじに聞えよがしに呟いて、自分で手洗いの水を両手で掬って来て、シャッシャと鉢にかける。身振りばかり大変で、鉢の木にかかる水はほんの二、三滴だ。ポケットから鋏を取り出して、チョンチョンと枝を剪って、枝ぶりをととのえる。出入りの植木屋かと思うとそうではない。意外にも銀行の重役だったりする。店のおやじの機嫌をとりたい為に、わざわざポケットに鋏を忍び込ませてやって来るのであろうが、苦心の甲斐もなく、やっぱりおやじに黙殺されている。渋い芸も派手な芸も、あの手もこの手も、一つとして役に立たない。一様に冷く黙殺されている。けれどもお客も、その黙殺にひるまず、なんとかして一本でも多く飲ませてもらいたいと願う心のあまりに、ついには、自分が店の者でも何でも無いのに、店へ誰かはいって来ると、いちいち「いらっしゃあい」と叫び、また誰か店から出て行くと、必ず「どうも、ありがとう」とわめくのである。あきらかに、錯乱、発狂の状態である。実にあわれなものである。おやじは、ひとり落ちつき、

「きょうは、鯛の塩焼があるよ」と呟く。

すかさず一青年は卓をたたいて、

「ありがたい！　大好物。そいつあ、よかった」。内心は少しも、いい事はないのである。高いだろうなあ、そいつは。おれは今迄、鯛の塩焼なんて、たべた事がない。けれども、いまは大いに喜んだふりをしなければならぬ。つらいところだ、畜生め！

「鯛の塩焼と聞いちゃ、たまらねえや」。実際、たまらないのである。

他のお客も、ここは負けてはならぬところだ。われもわれもと、その一皿二円の鯛の塩焼を注文する。これで、とにかく一本は飲める。けれども、おやじは無慈悲である。しわがれたる声をして、

「豚の煮込みもあるよ」

「なに、豚の煮込み？」。老紳士は莞爾と笑って、「待っていました」と言う。けれども内心は閉口している。老紳士は歯をわるくしているので、豚の肉はてんで嚙めないのである。

「次は豚の煮込みと来たか。わるくないなあ。おやじ、話せるぞ」などと全く見え透いた愚かなお世辞を言いながら、負けじ劣らじと他のお客も、その一皿二円のあやしげな煮込みを注文する。けれども、この辺で懐中心細くなり、落伍する者もある。

「ぼく、豚の煮込み、いらない」と全く意気悄沈して、六号活字ほどの小さい声で言って、立ち上り、「いくら？」という。

他のお客は、このあわれなる敗北者の退陣を目送し、ばかな優越感でぞくぞくして来るらしく、

「ああ、きょうは食った。おやじ、もっと何か、おいしいものは無いか。たのむ、もう一皿」と血迷った事まで口走る。酒を飲みに来たのか、ものを食べに来たのか、わからなくなってしまうらしい。

なんとも酒は、魔物である。

諸酒詩歌抄

さかほがひ　（創作詩）　上田　敏

（スツンツの合唱曲にあはせて）

阿古屋（あこや）の珠（たま）を
溶（と）きたる酒（さけ）は
のこさで酌（く）まむ。
ほせよさかづき
ほせよ、ほせよ、觴（さかづき）。
　のめや、うたへや、
うたへや、のめや。
あゝ、おもしろ、
あゝ、おもしろの
さかほがひ。

薫（かをり）はたかき
さゆりの花（はな）は
かざしにささむ。
たをれ、かざしに、
たをれ、たをれ、挿頭（かざし）に
　のめや、うたへや、
うたへや、のめや。
あゝ、おもしろ、
あゝ、おもしろの
さかほがひ。

色（いろ）さへ香（か）さへ
妙（たへ）なるひとを

あかずもこよひ
みるが楽しさ、
みるが、みるが楽しさ。
のめや、うたへや、
うたへや、のめや。
あゝ、おもしろ、
あゝ、おもしろの
さかほがひ。

紅　売

与謝野鉄幹

梅の古木は鉄と鋳るも
見ずや咲く花星を綴る
ゆるせ丈夫の毛ある胸に
細眉ゑがける君を捲くを

おとろへたるかな銭のなきに
祇園の花どき紅を売るか
さはれ猶あり家の大刀
文殻あつめて仏は張らじ

臈たき舞妓の袖を掩ひ
厭ふか酒呼吸まこと初心や
かわゆければぞ人の泣くに
憎くばなどか酷くあたらぬ

酒ほがひ

吉井勇

少女言ふこの人なりき酒甕（さかがめ）に凭りて眠るを常なりしひと

酒びたり二十四時（とき）を酔狂（すゐきやう）に送らむとしてあやまちしかな

おもはれし我をにくみて放ちたる汝（な）が矢は逸（そ）れて酒甕（さかがめ）を射る

屠らるる二（に）の世のわれぞ眼に映（うつ）るわが酒肆（さかみせ）に夕日するとき

一秒（いちべう）のよろこびをのみたのしまむ逸楽（いつらく）びとの生涯（しやうがい）のごと

少女らに面を背けてわれは来ぬ酒をおもへる

わざはひの恋

覚めし我酔ひ痴（し）れし我また今日も相手ひてねむりかねつも

酒の国わかうどならばやと練（ね）り来（こ）貴人（うまひと）ならばもそろと練り来（こ）

我を見て酒のにほひすあな慵（もの）う疾（と）く往（い）ねと言ふ聖（ひじり）にも会ふ

あはれいま眠りの箱の蓋（ふた）ひらく時とて人は酔ひ倒れたる

かの君の涙の酒に酔ひけるよ人は知らじな酒のかなしみ

さかみづきさなよろぼひそ躓（つまづ）かば魂（たま）を落さむ

さなよろぼひそ

杯をふくむ子瓶をうちふる子いとおほくして
宮内日(みやうちひ)さす

諾(う)とも言ひ否(いな)とも言へるまどはしき答をきき
て酒に往きける

さかづきのなかより君の声としてあはれと云
ふをおどろきて聞く

わが胸の鼓(つづみ)のひびきたうたらりたうたうたら
り酔へば楽しき

まなさきに蒼蠅(さばへ)と見しは獅子なりき物あやま
ちしとろとろの眼よ

綺語(きご)の子と狂言(きやうげん)の子のなかに居て妄(みだ)らに時

を送る子なりし

君なくばかかる乱酔(らんすゐ)なからむとよしなき君を
恨みぬるかな

よき玉の琥珀に似たる酒のいろあまり見恍(ほ)れ
て我を忘るる

かかる世に酒に酔はずて何よけむあはれ空し
き恒河沙(がうがしや)びとよ

酔びとよ悲しきこゑに何うたふ酔ふべき身を
ば歎けとうたふ

さな酔ひそ身を傷(やぶ)らむと君言はず酒を飲めど
もさびしきかなや

酒を見ていかにせましと考ふるひまに百年千(ももとせち)

年(とせ)過ぎなむ

恋がたき挑むと言はれおどろきし弱き男も酒をたうべぬ

人あまたわれを指さしあれを見よあの風体(ていたらく)はとぞ笑へる

酒肆(さかみせ)に今日もわれゆくVERLAINE(ヹルレエヌ)　あはれはれとて人ぞはやせる

な恋ひそ市(いち)の巷(ちまた)に酔ひ痴(し)れてたんなたりやときたる男を

甕越(みかごし)にもの言ふひとの濡髪(ぬれがみ)をただ見てあるにこころよろしき

博(ばく)うたずうま酒酌まず汝等(なぢら)みな日をいただけ

ど愚なるかな

悲みて破(やぶ)らずと云ふ大いなる心を持たず悲しみて破(やぶ)る

夏の日の真昼の辻の打水(うちみづ)と酒を打たまし東夷(とうゐ)の子らに

事わかず疑しげくなる時は壺の口より酒にもの問ふ

おどろきて一夜(ひとよ)のあひだ隠れたるみそか男は酒甕(さかがめ)を出づ

溺れたるわがわかうどはあやしくも黒髪いろの酒を酌むかな

いろいろの酒甕(さかがめ)どもにかこまれぬ遁げあたはは

ずばいかにすべけむ

覆(くつが)へす酒の甕(かめ)より出でたるは誰にかくせし
誰の艶書(えんしよ)ぞ

鉄橋のにほひも酒をおもはしむ秋の日さむく
河に沈めば

黒髪の朽つるにほひか或はまた珍陀(ちんた)の酒の古
きかをりか

酒(さか)ほがひ蜜蜂(すがる)のごとく酔ひ痴れて羽な鳴らし
そ君もおはすに

よわきかな恋に敗(ま)けては酒肆(さかみせ)に走りゆくこと
幾度(いくたび)かする

かなしくも心に触るる君が歌酒がうたふにあ
らずやと聞く

夕(ゆふ)みぞれ都のなかの放浪につかれたる子が酒
おもふ時

酔ひ痴れて三十路女(みそぢをんな)もまじり居ぬあらくれ
人の宴(うたげ)のなかに

酔びとは船へかへらずさかなすと霰のなかに
鮟鱇(あんかう)を切る

酒甕(さかがめ)のうへあざやかにしるすらくわれの秘密
はこのなかにあり

酒に酔ひ忘れ得るほどあはれにも小(ちさ)くはかな
きわれの愁か

満つる時よろこび来り満たぬ時かなしみ来る

酒甕(さかがめ)を置く

枯薔薇(かれさうび)落つるひびきにおどろきぬ夜半(よは)の酒場
のしづかなる時

魂(たましひ)をさかなとなしてわれ飲まむ酒のかをり
に死を思ひつつ

歓楽の墓のごとくにおもはるる酒場のうらの
甕(かめ)のからかな

薄荷酒

北原白秋

「思ひ出」の頁(ペエジ)に
さかづきひとつうつして、
ちらちらと、こまごまと、
薄荷酒を注(つ)げば、
緑はゆれて、かげのかげ、仄かなわが詩に啜り泣く、
そなたのこころ、薄荷ざけ。

思ふ子の額(ひたひ)に
さかづきそつと透かして、
ほれぼれと、ちらちらと、
薄荷酒をのめば、
緑は沁(し)みて、ゆめのゆめ、黒いその眸(め)に啜り泣く、
わたしのこころ、薄荷ざけ。

金粉酒

木下杢太郎

Eau-de-vie de Dantzick（オオドヰイドダンチツク）
黄金（こがね）浮（う）く酒（さけ）
おお、五月（ごぐわつ）、五月（ごぐわつ）、小酒盞（リケエルグラス）、
わが酒舗（バア）の彩色玻璃（ステエンドグラス）、
街（まち）にふる雨（あめ）の紫（むらさき）。

をんなよ、酒舗（バア）の女（をんな）、
そなたもうセルを着（き）たのか、
その薄（うす）い藍（あゐ）の縞（しま）を？
まつ白（しろ）な牡丹（ぼたん）の花（はな）、
触（さは）るな、粉（こな）が散（ち）る、匂（にほ）ひが散（ち）るぞ。

おお、五月（ごぐわつ）、五月（ごぐわつ）、そなたの声（こゑ）は
あまい桐（きり）の花（はな）の下（した）の竪笛（フリウト）の音色（ねいろ）、
わかい黒猫（くろねこ）の毛（け）のやはらかさ、
おれの心（こゝろ）を熔（とろ）かす、日本（につぽん）の三味線（さみせん）。
Eau-de-vie de Dantzick.（オオドヰイドダンチツク）
五月（ごぐわつ）だもの、五月（ごぐわつ）だもの——

該里酒

（「鴻の巣」の主人に）　木下杢太郎

冬の夜の暖炉の
湯のたぎる静けさ。

ぽつと、やゝ顔に出たるほてりの
幻覚か、空耳かしら、
該里玻璃杯のまだ残る酒を見いれば
ほのかにも人の声する。
ほのかにも人すすり泣く。

「え、え、ま、あ、な、に、ご、と、
ぞ、い、な……あ………」と
さう云ふは呂昇の声か。
この春聴いた——京都の寄席の、
それをきいて人の泣いたる——。
乃至その酒のしわざか。

冬の夜の静けさに
褐く澄む、該里の酒。
さう云ふは呂昇の声か、
乃至その酒のしわざか。
幕あけて窓から見れば
星の夜の小網町河岸
舟一つ……かろき水音。

南京街　長田秀雄

暗く輝き灯光の明るく沈む
南京街(なんきんまち)の夏の夜(よる)、
腐敗するものの香(にほひ)にうちまじり、
鋪石(しきいし)にちる六月の牡丹の花は、
爛壊(らんゑ)の重き快感をほのかに夢む。
何処(いづこ)か笛の悩ましき調律ひびき、
酒場には弁髪の労働者
火酒を傾け声(こわ)だかに罵りわめく。
暗き隅には、卓(たく)による
浅間しき阿片嗜好者、その老いて
陰気なる顔面は痙攣(けいれん)したり。

柳の並木立ならぶ
人道にたち、街灯の黄なる光に
描(ゑが)きたる頬(ほう)をてらされ情人を
思ふか若き支那婦人、
道往く人に擦れちがひ振かへるとき、
黄金(きん)の耳環(みみわ)は黒髪の下にきらめく。

食後の酒　高村光太郎

青白き瓦斯(ガス)の光に輝きて
吾がベネヂクチンの静物画は
忘れられたる如く壁に懸れり

食器棚(ビユツフエ)の鏡にはさまざまの酒の色と
さまざまの客の姿と
さまざまの食器とうつれり

流し来る月琴の調(しらべ)は
幼くしてしかも悲し
かすかに胡弓(こきゆう)のひびきさへす

わが顔は熱し、吾が心は冷ゆ
辛き酒を再びわれにすすむる
マドモワゼル・ウメの瞳のふかさ

夜空と酒場

中原中也

夜の空は、広大であつた。
その下に一軒の酒場があつた。

空では星が閃(きら)めいてゐた。
酒場では女が、馬鹿笑ひしてゐた。

夜風は無情な、大浪のやうであつた。
酒場の明りは、外に洩(も)れてゐた。
私は酒場に、這入(はひ)つて行つた。
おそらく私は、馬鹿面さげてゐた。

だんだん酒は、まはつていつた。
けれども私は、酔ひきれなかつた。
私は私の愚劣を思つた。

けれどもどうさへ、仕方はなかつた。

夜空は大きく、星もあつた。
夜風は無情な、波浪に似てゐた。

酒場にあつまる　萩原朔太郎

――春のうた――

酒をのんでゐるのはたのしいことだ、
すべての善良な心をもつひとびとのために、
酒場の卓はみがかれてゐる、
酒場の女たちの愛らしく見えることは、
どんなに君たちの心を正直にし、
君たちの良心をはつきりさせるか、
すでにさくらの咲くころとなり、
わがよき心の友等は、多く街頭の酒場にあつまる。

解説

長山靖生

酒と文学の探求には何らかの関係があるのか、文豪のなかには酒豪で知られる人も少なくない。そうした作家には、酒にまつわるエピソードが多いし、酒に関する優れた随筆も残した。しかし作家の本領は小説であり、詩人の本領は詩であることは言うまでもない。本書には、近代日本の文学史に大きな足跡を残した文豪たちの、酒に因んだ作品、それも酒々様々な酒類をめぐる作品を集めた。

何しろ小説なので、酒をメインテーマにしているわけではなく、あくまで作品の彩りとして出てくるものが多い。それでも、いかにもその作品、その場面にぴったりの酒類が出てくるのはさすがだ。酒と文の両方に通じていないとこうはいかない。その辺りの微妙な機微も味わって頂けたらと思う。

夏目漱石（一八六七～一九一六）は『吾輩は猫である』のなかで、自身をモデルにしたとされる苦沙彌先生を、気心知れた仲間以外の人間とは付き合いたがらない偏屈な人物として描き、正月に客が来て酒を飲まなければならないかと思うと嫌な顔をするとか、ビールみたいな苦いものは飲まないなどと書いている。実際に漱石は甘党で、団子やお汁粉や羊羹についてはおいしそうに書いているが、酒は控え目だったようだ。胃弱のせいもあったのかもしれない。それでも全く飲まなかったわけではなく、若い頃は飲んだし、晩年も料亭などで遊ぶことがあった。

そんな漱石からは「元日」の屠蘇を。「元日」は短文集「永日小品」(「朝日新聞」明治四二年一月一日~三月一二日)のはじまりの一編だ。

それにしても漱石宅を訪れた若い連中は、屠蘇で酔ってしまったのか、なかなかの傍若無人ぶりである。漱石の謡好きは有名で、生死の淵を彷徨った「修善寺の大患」後の入院生活中も、謡がやりたくなって妻に謡曲本を持ってくるよう頼んだ。病室で大声を出したら体に障るし、第一、他の患者に迷惑だと妻は拒んだが、医師の承諾を得たからと再度説得した。好きなものは我慢できない性質の漱石が、酒に弱かったのは幸いである。

一方、**幸田露伴**(一八六七~一九四七)はなかなかの酒豪で、その作品にもしばしば酒を飲む場面が出て来る。「すきなこと」に登場するのはどぶろく。寒山拾得が登場する気宇壮大で豪快な一編で、その磊落さには、なるほど「どぶろく」がふさわしい。なお、この作品は『後の月かげ』（春陽堂、明治二四年一二月）に寄せられたもの。同書は濃尾地震義捐を目的として刊行されたもので、多くの著名人が寄稿している。

ビールの本場ミュンヘン周辺を舞台にした「うたかたの記」（「しがらみ草紙」第一一号、明治二三年八月）は、森鷗外（一八六二〜一九二二）自身のドイツ留学を下敷きにしながら、彼と同時期にドイツに留学していた洋画家原田直次郎をも取り込んで創られた作品で、一九世紀末ヨーロッパの繁栄と駘蕩を背景にした、可憐な恋愛を描いている。夜の照明にきらめくビールは、青春の輝きだ。またこの作品には、旧時代の黄昏を象徴するかのように、狂王ルドヴィッヒ二世の怪死事件も描かれている。

ところで作中に登場するカフェ・ミネルワは鷗外留学時に実在した店だった。第一次大戦後に精神科医として独墺に留学した斎藤茂吉は、医文両道の先達である鷗外ゆかりの場所を訪ねて歩きまわった。カフェ・ミネルワを探したが、茂吉の時代には建物は残っていたものの、既に店はなく、一部は別のカフェ＆レストランになり、また別の部分は舞踏場になっていたという。鷗外のドイツ留学と茂吉のそれのあいだには三八年の時間が流れていた。

土地柄というだけでなく、「うたかたの記」の賑やかな雰囲気にはビールがよく似合う。そこにはまたプロシア・ドイツの支配下に入る以前の、旧時代の華やぎの名残りも漂っており、束の間に消えるビールの泡立ちと相俟って「うたかたの泡」という言葉が脳裏をよぎる。

続く**岡本かの子**（一八八九〜一九三九）の作品も外国が舞台。パリでの食事風景のなかで、アペリティフ（食前酒）が語られる。アペリティフには様々な種類があるが、ここで具体的に挙げられているのはペルノーとベルモットだ。どちらもポピュラーな食前酒である。ペルノーは松脂にも似た独特の香を持つ、糖度の低いすっきりした甘さの酒で、ややアルコール度数が高い。単体では薄緑色だが水やソーダで割ると乳白色を呈するので二種類の色と味を楽しむ人もいる。

一方、ベルモットは白ワインを基調とし、香料やスパイスを加味したフレーバードワインで、甘口のスィート・ベルモットは主にイタリアのピエモンテ地方などで作られ、多くはカラメルで着色されており、淡褐色ないし暗赤色をしている。これに対してドライ・ベルモットは主にフランス製で、こちらを用いたカクテルも多い。マティーニはドライ・ベルモットとジンを配合したもの。「異国食餌抄」のベルモットは真紅なので、スィート・ベルモットだろうか。ちなみに日本でもベルモットは割と早くから知られており、自由民権運動時代に流行した川上音二郎の「オッペケペー節」では「むやみに西洋を鼻にかけ、日本酒なんぞは飲まれない。ビールにブランデー、ベルモット。腹にも慣れない洋食を、やたらに喰うのも負け惜しみ」と謳われていた。「異国食餌抄」は『世界に摘む花』（実業之日本社、昭和一一年三月）に収録されている。

永井荷風（一八七九〜一九五九）の「夜の車」は、遊興街を冷やかした帰りに、タクシー内で仕掛けられる新奇なお遊びを描いた、いかにも荷風らしい趣向の作品だが、ここで女が手にしているのはウィスキーだ。これが日本酒では古風すぎるし、ビール瓶では大きすぎて狭い車内にそぐわないし、焼酎ではやさぐれすぎる。こうしたモダン風俗には、ウィスキーが最も似合っている。懐から小瓶を取り出して飲むポーズがしっくり来るだけでなく、強さのレベルも程よい。

アメリカやフランスに遊学し、西洋近代の空気を実地に味わう一方、生来の東京人で江戸前の味に慣れ親しんでいた荷風は、それなりに美酒美食に詳しかった筈だ。実際、その作品には遊興や引けた後の家での酒食がかなりでてくる。例えば『すみだ川』には、俳諧の師匠が隅田川の風情に、季節違いと思いながら「酒なくて何の己れが桜かな」と一献傾けたくなり、暑い盛りには休茶屋でコップ酒をぐいと飲干すといった具合。その他の主要な作品でも、宴会やら芸妓との差し向かいやらで、酒やビールが全く出てこないものは少ないと言っていいほどだ。『新橋夜話』には「祝盃」という題名の短編も収められている。

それでいて存外、酒食の味について語ることは少ない。この点は、女性の風情やしぐさ、心根が細やかに書き込まれ、また清元や歌沢などの芸のありさまについては鋭く言及されているのとは一線を画している。それが士族の気風なのか、味を云々するのを卑しんでいた節がある。ただし語ることは控えていても、場面場面での酒食の択び方は絶妙で、「この場面にはこれが最もふさわしい」というものを、まるで茶席の道具揃えのように、ぴったりと据えているのはさすがだ。

なお「夜の車」は「三田文学」（昭和六年八月号）に掲載されたが、本作末尾には「昭和四年四月稿」とある。昭和四年といえば、荷風は前年に女に店を持たせる一方、カフェーなどでも盛んに遊んでいた時期だが、発表された作品は少ない。『濹東綺譚』には〈此に酔を買つた事から、新聞と云ふ新聞は挙つてわたくしを筆誅した。昭和四年の四月「文藝春秋」といふ雑誌は、世に「生存させてはならない」人間としてわたくしを攻撃した〉とあるので、もしかしたらその前後には好色的な作品の発表を控えていたのかもしれない。

芥川龍之介（一八九二～一九二七）は、あまり酒は嗜まなかったというが、小説中にはしばしば話者が友人と酒を飲んだり、家で晩酌する場面などが書き込まれている。漱石もそうだったが、酒が入った友人と、滑らかに話が弾むのは好きだったようだ。ただし議論を吹きかけられて弱ることもあった。

「彼　第二」（「新潮」大正一六年（＝昭和二年）一月号）で、話者がアイルランド人の友と酌み交わしているのはウィスキー・ソーダだ。ただしそれがアイリッシュ・ウィスキーかどうかは分らない。

芥川は若い頃、西条八十、日夏耿之介らと共に愛蘭文学研究会を催しており、ケルト文化に強い関心を持っていた。自らもイェーツの「『ケルトの薄明』より」や「春の心臓」を翻訳している。当時のアイルランドは英国からの独立を図っており、アイルランド文芸復興運動はその国民意識鼓舞運動という側面を持っていた。そうした運動に関心を抱き、また友情を重んじながらも、芥川は直接的な政治闘争や一途すぎる民族意識には今一歩の距離を置こうとし続ける。なおタイトルが「彼　第二」となっているのは、同時期に同名の「彼」という作品があるためで、別に長編の一部というわけではなく、独立した作品である。

堀辰雄（一九〇四～一九五三）の「不器用な天使」（「文藝春秋」昭和四年二月号）に出て来るのはクラレット。ボルドー産の赤ワインの通称である。これはフランス語で「薄い赤」を意味するクラレット（クレーレ）に由来し、主に英語圏で用いられた語。英国王室が一二世紀にフランスから王妃を迎えた際、ボルドー地方が英国にもたらされ、そこに産するワインが英国に広まったことに由来するという。ただし「不器用な天使」に出て来るクラレットが、厳密な意味でのクラレットかどうかは不明で、赤ワイン全般を指す言葉として用いられていた可能性もある。いずれにせよ、一九二〇年代に帝都東京でもいちばんの歓楽街だった浅草の、華やかさの裏にほのかな物悲しさも感じられる都市風俗には、色の付いた酒がよく似合うのは確かだ。

軽井沢や追分など、高原での静謐な生活のイメージがある堀辰雄だが、当初はモダニズム文学の書き手として登場し、浅草など都市の繁華街を背景にした作品を発表していた。彼自身、結核発症以前にはカジノ・フォーリーに出かけ、またカフェで杯を上げることもあった。しかしあまり強くはなかったようで、「不器用な天使」でも、友人を前にしての見栄や、三角関係の悲しみを紛らわすために無理をして飲んでいる節があり、周囲から「苦しそうだ」「唇はふるえている」と心配されている。ウイスキーよりもクラレットのほうが素直な本人の好みであり、なんならアルコールではなくソーダ・ファウンテンでソーダ水を飲んでいるほうが似合いそうな、まだ少年的な幼さも漂っている。そんな若者が懐く女性と友人のあいだで揺れる初々しい戸惑いを、混乱した心のままに捉えて表現してみせるのが堀作品の筆力であり、魅力のひとつだ。「不器用な天使」には、カフェー・シャノアルとジジ・バアという店名が出て来るが、この頃銀座にはカフェー・黒猫という店があり、シャノアルはその黒猫をモデルにしていると思われる。伊藤整によれば、堀はカフェー・黒猫の看板女給に執心していた時期があったという。彼女は後に神田の宝亭という店に移ったが、伊藤はそちらの店を訪れた際に彼女を見ている。細面の美しい女性だったそうだ。永井荷風もカフェー・タイガーや黒猫に通い、黒猫の女給・お久とは懇ろな仲だったという。ジジ・バアのほうは、思わずクスリとしてしまう洒落た名前だが、実在の店ではなかったらしい。

美酒美食、そして美女を描かせたら天下一品の谷崎潤一郎（一八八六〜一九六五）からは、中国趣味の「秦淮の夜」（「中外」大正八年二月号、「新小説」（続稿原題「南京奇望街」同年三月号）を。ここに登場するのは紹興酒だ。

昭和初頭には都市文化が空前の規模となり、束の間のコスモポリタニズムが満喫された。日本は東アジア文化圏にあって、卑弥呼の昔から唐土礼賛の歴史が長かった。明治以降、一応の近代化に成功した日本は、清国や辛亥革命後の中国を、衰亡する旧大国と見倣して他山の石とする一方、文人趣味的な中華文物への興味や租界などに花開いた身近な西洋都市的尖端文化への関心から、中国旅行が流行した。前者の代表は芥川で、大正一〇年に毎日新聞の記者として中国を訪れた際には、かの地の文人と会うだけでなく、古硯や墨、唐紙などを買えるだけ買おうと努めた。後者を主な目的に出かけた代表は吉行エイスケだろうか。彼は投機的な関心から上海に出かけた。

谷崎潤一郎も大正七年と大正一五年に大陸旅行をしており、他にも「蘇州紀行」「廬山日記」「支那の料理」「西湖の月」「或る漂泊者の俤」「上海見聞録」「上海交遊記」など、多くの作品を残している。

「秦淮の夜」の話者は、美女を求めてどこまでも（面倒臭がっている風情もあるが）異国の街の奥へと分け入っていくが、その姿からは古い伝統文化も軽薄なジャズエイジの文化も、文人趣味も政治経済の混乱も、何なら諜報活動だって、すべてを呑み込む旺盛な好奇心が感じられる。酒色ばかりでなく、状況や情勢に対しても谷崎は健啖家だ。

さて本書の趣旨に戻って酒の話だが、紹興酒はもち米、麦麴、楊葱などを原料とし、鑑湖の水、焦糖色（カラメル）などを加えた黄酒の一種で直糖分によって元紅酒、加飯酒、善醸酒、香雪酒に分けられる。日本人になじみがある紹興酒は主に加飯酒だ。

谷崎は東京日本橋の高島屋近くにあった日本人経営の中華料理屋「偕楽園」の息子・笹沼源之助と親友だったこともあって、若い頃から中華料理に親しみ、その濃厚な味わいを好んだ。ちなみに笹沼は父に請うて谷崎の学費や「新思潮」の印刷費を援助したり、文筆に集中できるよう自家の別荘に長期滞在させたりもした。

谷崎の若い頃の濃厚好みは、味だけでなくその表現においても顕著で、これでもかという華麗さで味わったものの風味を書き込んで見せる。その点、永井荷風とは好対照だった。共に東京人であり、酒食にも女にも関心が深かったにもかかわらず、こうした違いが生じるのは、荷風が士族で山の手育ちだったのに対して、潤一郎が日本橋の商家に生まれたせいだろうか。川端康成は、谷崎訳の『源氏物語』を〝商人源氏〟と諷したそうだが、確かに谷崎には特に意識せずとも算盤がはたらくところがあり、「得られる楽しみは、掛ける苦労に見合ったものか」を巧みに推し量るところがあった。これを才知と取るか卑しむかは、商人と士族で違ってくるだろう。夏目漱石も金銭問題は明確にしたがる性質で、食べ物や飲物の味についてもはっきり書く人だったが、彼もまた江戸の町人名主の家系に属する。漱石は偉ぶった金持ちを嫌ったが、官吏や学者が金の問題など歯牙にもかけぬ風を装うのもまた嫌った。本当に卑しむべきは、算盤勘定を卑しみながら利得に媚びる輩であるのは言うまでもない。士族の酒は士族の酒で、商人の酒は商人の酒で、それぞれの流儀と矜持がある。

吉行エイスケ（一九〇六〜一九四〇）の「スポールティフな娼婦」（「文学時代」昭和五年二月号）にはいろいろな酒類が出て来るが、極めつけなのはアブサン酒だ。悦楽と退廃を象徴する酒である。

本物のアブサンはアルコール度数七〇％前後と極めて強く、またニガヨモギのハーブが配合されているので、幻覚などの神経作用を引き起こすことがあった。そのためアブサンを飲んでインスピレーションを得ようとする芸術家が愛飲し、ひときわデカダンな酒というイメージが定着した。具体的には、画家ではロートレックやゴッホ、詩人ではヴェルレーヌやランボーが好んだ。ヴェルレーヌの詩を読んでいると、ほぼ麻薬のような感じで恐ろしい。このため二〇世紀初頭には欧米ではほとんどの国で製造禁止や輸入禁止が決められたが、フランスやスイスでは自家用のアブサン製造は細々と続けられていたらしい。また禁止以前に輸入されたアブサンは飲まれていた。

欧米の小説ではモーパッサンの「二人の友」やヘミングウェイの『日はまた昇る』などにアブサンが出て来る。また『誰がために鐘は鳴る』では作中人物が水で割って飲んでいる。アブサンは緑黄色をしているが水やソーダで割ると白濁して乳白色になる。これはペルノーと似ている——というか、ペルノーにはライトな、模造アブサンとでもいうべき側面があった。なお、日本では太宰治「人間失格」にもアブサンが出て来るが、こちらは比喩的に名前が出て来るだけだ。

吉行エイスケのアブサンが、本物なのか類似品なのかは不明だが、戦前の日本では薬物に関する規定にゆるいところがあり、製造禁止以前のアブサンが流通していた。

また濃度が低ければニガヨモギ入りのアブサンを作ることも出来たが、そうした品には幻覚作用はないらしい。

吉行エイスケは龍膽寺雄（りゅうたんじゆう）と共にモダニズム文学を代表する詩人、小説家で、妻の吉行あぐりが三階建ての美容院を開き、夫婦揃ってモボ・モガの見本のように見做された。これは龍膽寺夫妻にもいえることで、モダニズム表現はなによりも生活そのものの新しさに重きが置かれた。思えばアメリカのフィッジェラルド夫妻（スコットとゼルダ）も同様だった。しかも吉行は岡山出身、龍膽寺は茨城出身と地方人であり、一九二〇年代の都市文化が土地の伝統文化から切断されたものであったことが思い出される。彼らは「家」から離れているからこそ、束の間の自由を謳歌し、酒に女に思想に、自分の好きなもの、新奇で面白そうなものだけを追求しようとした。やがて吉行は、都市表現のひとつとして株価をそのまま作品に書き入れるなど、経済変動と日常生活の密着を描き、ついには株屋に転じてそちらにのめり込んだ。昭和一三年に「兜町の八時五十分」を発表したが、その頃エイスケは、株式の危険な「信用買い」に手を出しており、損害が出た場合に実家に迷惑が及ばないよう、父に依頼して除籍廃嫡にしてもらった。どことなく同時代のフィッツジェラルド『グレート・ギャツビー』における債権詐欺を連想させもする。
牧野信一（一八九六〜一九三六）の「ファティアの花鬘」（「近代生活」昭和五年一月号）には花鬘酒という珍しい酒が出て来る。牧野は過酷な現実を、荒唐無稽な夢想に身を委ねることで凌ごうとする男の、愚かしくも健気な幻想に終始する作品を数多く書いた。特に自分が暮らしている貧しい日本の現実を、ギリシャの素朴な神話的世界にすり替えて、悲惨なことも切ないことも美しく粉飾する（その書割じみた夢想が、拙いだけにいっそう切なさが読者に伝わる）体の一連の作品を書いており、「ギリシャ牧野」と呼ばれた。その幻想の中で、ロバは名馬になり、酔っ払いは英雄になる。本作もそうしたギリシャ物のひとつなので、花鬘酒が本当にファティアの酒かどうかは、ちょっと分らない。
高見順（一九〇七〜一九六五）の「馬上侯」（「文藝春秋」昭和二〇年三月号）は、谷崎の「秦淮の夜」同様、大陸が舞台。しかしこちらは戦争末期の大陸が舞台なので、その行動範囲や行状には制約があり、羽目を外しすぎるわけにはいかない。ただしそう考えてみると、意外に平穏な状勢が保たれていたとの印象を受ける。「馬上侯」というのは店の名前で、こちらでは老酒が出て来る。老酒は長く寝かせた酒という意味なので、元来は酒の種類名ではない。日本では唐土の酒というと紹興酒がほとんどだったため、老酒と紹興酒を混同し、その美称のように思っている向きもあるが、中国米を原料とした酒を長期熟成させたほかの酒も含まれる。

ここで話者は中国人と酒を酌み交わしており、相互をそれぞれの祖国に対する愛国者だと認めて納得しているが、その素朴な態度に接して、先方はどのように感じていたかがちょっと気にかかる。中国人の内面は老酒のように奥深く、摑みがたい。

豊島與志雄（一八九〇〜一九五五）の「秦の出発」（「文藝」昭和二年四月号）もまた大陸物で、上海租界の猥雑で怪しげな、それでいてどこか洗練された景色を背景としている。ここにも何種類かの酒が登場するが、いちばん効いているのはジンだろう。

ジンは大麦、ライ麦、ジャガイモなどを原料とする蒸留酒で、ジュニパーベリー（主にセイヨウネズの実）によって香付けされた酒であり、古くは解熱、利尿作用のある薬用酒だったが、飲んで美味しいために一般化した。また一九世紀半ばに連続蒸留器が発明されてアルコール度数が高いドライ・ジンが生まれた。安価なために、産業革命以降、工場労働者などに親しまれ、ジンによるアルコール中毒が増えたために不道徳な酒、労働者用の安くて強い酒、というイメージがつき、上流階級は口にしないものとされた。しかしジンを使ったカクテルは、ジン・フィズやジン・トニック、ピンク・ジン、それにギムレットやホワイトレディーなど数多い。怪しげなものは、また魅力的なのである。

「秦の出発」は大陸での戦火が膠着し、日本軍が次第に追い詰められつつあるなかでの、日本人と中国人の微妙複雑なかかわりを描いている。知的な人間同士の距離を保った交流だが、話者は秦の背後に何ものかを感じ取っているようだ。彼は秘密結社や抗日勢力にもつながりを持っているらしい。この作品にはスパイ小説の要素がある。「秦の出発」は暗に「日本の退出」を意味しているだろう。それを喜怒哀楽抜きに、淡々と見通す話者の透徹した眼差しは、酒を飲んでも曇ってはいない。むろん秦のほうも。

彼らはたぶん、酒に飲まれないのと同様に、民族意識やイデオロギーにも心酔せず、あるものを受け入れ、それでいて自らは染まらないように半身を引いて、しなやかに生きているのだろう。

梶井基次郎（一九〇一〜一九三二）の「冬の蠅」（「創作月刊」昭和三年五月号）は病身を養いながら過ごす心細い生活を、冬の蠅に仮託して描いた私小説的心境小説の傑作だが、永らえることの出来ないことが明らかな季節はずれの蠅が、それでも冬を生き続け、かろうじて躍動を示しているのが、微笑ましくも切ない。蠅と共に冬の頼りない日差しを受けて日光浴をする主人公。ひなびた温泉宿でひとり静かに飲む熱燗は、筆者の生命への執着をあらわしているようにも感じられる。

梶井は新興芸術派の外周に位置づけられることが多いが、むしろ新心理主義の先駆を為していたように思われる。

嘉村礒多（一八九七〜一九三三）もまた私小説で知られる作家である一方、新興芸術派倶楽部にも参加し、〈新興芸術派叢書〉の一冊として『崖の下』（昭和五）を刊行している。「足相撲」（「文学時代」昭和四年一〇月号）には、先輩作家の葛西善蔵（作中のZ・K）との交流が描かれている。

嘉村が葛西の面識を得たのは、中村武羅夫主宰の雑誌「不同調」（版元は新潮社）の記者として葛西宅を訪れ、口述筆記を担当するようになったことによる。葛西は『子をつれて』（大正八）『哀しき父』（大正一一）などで作家としての地位を確立したが、家族を抱えての生活は苦しく、やけのような放蕩を繰り返したために体を壊し、三〇代後半になると執筆もほとんど口述に頼るようになっていた。酒乱、生活破綻で家族親戚や知人に迷惑を掛けたが、人柄にはどこか人をひきつけるところがあった。小説にも、悲惨な生活や心境を描いていても、どこか飄々とした味があり、社会的規範からの逸脱への憧れを誘うような余裕が感じられる。

「足相撲」には、葛西への敬意や共感と反撥心が入り混じっている。嘉村は葛西没後に発表した「七月二十二日の夜」（昭和八）では、葛西の遺族のことを書き、善蔵の作家的姿勢への畏敬の念を表しながらも、ついていけない自分を告白してもいる。この告白は、葛西善蔵批判というより、けっきょく同じ道を辿っている自分への反省もあったと思う。

　嘉村も作家として立ったものの生活は苦しく、迷惑を掛けた親との軋轢や、郷里の人々との不和を抱えていた。病身でもあった。それでも広津和郎の推薦で「途上」が「中央公論」昭和六年二月号に載って文壇的地位を確立。自己の醜悪な面を見詰め告白する私小説で、ひとつの境地を拓いた。清楚で美しい限定本で知られる江川書房より『途上』（昭和七）という美しい本を刊行したが、翌年に結核性腹膜炎により死去した。嘉村の最後の本は、やはり江川書房刊の『一日』で、作りが簡素なわりに定価が高い。これは嘉村への医療費援助のため三割の印税を付けたためで、協力して欲しい旨の発行者の弁が残っている。嘉村もまた生活は荒れていたが愛される人だった。嘉村は『一日』刊行の一ヵ月後に没した。

坂口安吾（一九〇六〜一九五五）は無頼派と呼ばれ、戦後はヒロポン、アドルム、ゼドリンなどの薬物を慢性的に多用して体を壊すほどで、戦前から酒はもちろんよく飲んだ。戦前は「風博士」などのファルス的ナンセンスで注目され、歴史小説なども書き、戦時中は日本映画社嘱託となっている。昭和二〇年四月に召集令状を受けたが応召せず、戦後、『堕落論』『白痴』「桜の森の満開の下」などで人気を博した。

「居酒屋の聖人」は「日本学芸新聞」（第一三八号、昭和一七年九月一日）に発表した作品。この時期、安吾は東京での生活が破綻し、作中にもあるように利根川沿いの水郷・取手で放浪生活を送っていた。だが、そんな生活の中で、市井の健全純朴だが貧しく、ちょっと怠け者な人々に立ち混じっている安吾は、愚痴りながらも朗らかで楽しげだ。彼らは模範だの規律だの秩序なんていわず、ましてや「欲しがりません、勝つまでは」なんてくだらないことは言わない。そんな本音の場所が、安吾には居心地良かったのかもしれない。

また戦時中とはいえ、地方のことであり、まだ「勝っている」ということになっていた昭和一七年なので、まだ酒の融通が利いたらしい。これが都会だとそうは行かなかった。まして戦局不利がいよいよ露わになってくると、もういけない。

太宰治（一九〇九〜一九四八）の「禁酒の心」（「現代文学」昭和一八年一月号）は、戦時下の統制配給経済時代における酒調達の苦労を描いている。貴重な酒を、少しでも多く自分で飲みたいために、来客を警戒したり、また酒の飲める店で店主におべっかを使う人々の姿をユーモラスに描いているが、そんなみっともない真似をしたくないと書きながら、ぜんぶ太宰がやっていそうにも読めるところが面白い。それほど太宰は酒が好きだった。健康を心配した家族が諫めると「酒を飲まなければ、クスリを飲むことになるがいいか」と反論したという。

またこの作品には、配給が細るなか、制度末端の酒屋のオヤジまでが変に威張っているなど、戦時下の歪んだ社会が庶民の視点から揶揄されていて、ある意味で厭戦文学であり、当時としてはなかなか大胆な表現だったともいえる。

太宰は酒癖の悪そうなイメージがあるが、割に機嫌のいい酒で、座持ちするタイプだった。若い頃は文学仲間に絡むより、むしろ絡まれた口だ。家で飲んでいるときも概ね陽気で、役者の声色などをすることもあったという。そういえば文章にも生活にも、太宰にはサービス過剰なところがある。

巻末に収めた《諸酒詩歌抄》の諸作は、いずれも酒とのかかわりを正面から扱っており、多弁は要すまい。

訳詩集『海潮音』（明治三八）で日本の近代詩に画期をもたらした**上田敏**（一八七四〜一九一六）からは創作詩の「さかほがひ」（「帝国文学」明治四〇年七月号）を。新詩社をおこしロマンティズムの詩歌をよくした**与謝野鉄幹**（一八七三〜一九三五）からは「紅売」（詩歌集『鉄幹子』大阪矢島誠進堂、明治三四年三月）を。遊蕩で知られ『祇園歌集』（大正四）もある**吉井勇**（一八八六〜一九六〇）からも上田敏と同名の「酒ほがひ」（『酒ほがひ』昴発行所、明治四三年九月）を。

北原白秋（一八八五〜一九四二）からは「薄荷酒」（『東京景物詩』東雲堂書店、大正二年七月）、**木下杢太郎**（一八八五〜一九四五）からは「金粉酒」「該里酒」（『食後の唄』アララギ発行所、大正八年一二月）と、いずれもちょっと変わった酒を。ちなみに白秋と杢太郎は南蛮切支丹趣味の仲間で、共にパンの会の中心的存在でもあった。

長田秀雄（一八八五〜一九四九）の「南京街」は「詩三章」の一篇として「スバ

ル」明治四三年七月号に掲載されたもの。**高村光太郎**（一八八三〜一九五六）の「食後の酒」（『道程』自費出版、大正三年一〇月）は留学時代の思い出だろうか。
中原中也（一九〇七〜一九三七）の「夜空と酒場」（未刊詩篇）と**萩原朔太郎**（一八八六〜一九四二）の「酒場にあつまる」（「KONNOTSUBO」第三号、大正六年七月）は、共に酒場の光景を謳いながら、まったく気分が違っている。中原は酔うと議論を吹っかける癖があったことはよく知られている。寂しい人、もっともっと自分を分かって欲しい人だったのだろう。どうせ酔うなら楽しく気持ちよく飲みたいと思う。でも、飲んで酔わないのは詰まらないではないか——とも思うのは、私も酒が嫌いではないからだろうか。

編集付記

一、小説については新字・現代仮名遣いに改めた。詩・短歌については新字・旧仮名遣いとした。

一、外来語や地名・人名などのカタカナ表記について著者の慣用と思われるものはそのままとした。

一、今日の人権意識に照らして差別語及び差別表現と思われる言葉があるが、本作品が描かれた時代背景や著者が故人であることを考慮し、発表時のままとした。

編集部

中公文庫

文豪と酒
——酒をめぐる珠玉の作品集

2018年4月25日　初版発行
2019年10月5日　再版発行

編　者　長山 靖生

発行者　松田 陽三

発行所　中央公論新社
〒100-8152　東京都千代田区大手町1-7-1
電話　販売 03-5299-1730　編集 03-5299-1890
URL http://www.chuko.co.jp/

DTP　平面惑星
印　刷　三晃印刷
製　本　小泉製本

Published by CHUOKORON-SHINSHA, INC.
Printed in Japan　ISBN978-4-12-206575-8 C1191

中公文庫既刊より

各書目の下段の数字はＩＳＢＮコードです。978－4－12が省略してあります。

な-52-5
文豪と東京　明治・大正・昭和の帝都を映す作品集
長山靖生 編
繁栄か退廃か？　栄達か挫折か？　漱石、鷗外、鏡花、荷風、芥川、谷崎、乱歩、太宰などが描いた珠玉の作品を通して移り変わる首都の多面的な魅力を俯瞰。
206660-1

こ-30-3
酒肴奇譚（しゅこうきたん）　語部醸児之酒肴譚（かたりべじょうじのしゅこうたん）
小泉武夫
酒の申し子「諸白醸児」を名乗る醸造学の第一人者で、東京農大の痛快教授が〝語部〟となって繰りひろげる酒にまつわる正真正銘の、とっておき珍談奇談。
202968-2

よ-17-9
酒中日記
吉行淳之介 編
吉行淳之介、北杜夫、開高健、安岡章太郎、瀬戸内晴美、遠藤周作、阿川弘之、結城昌治、近藤啓太郎、生島治郎、水上勉他――作家の酒席をのぞき見る。
204507-1

よ-17-10
また酒中日記
吉行淳之介 編
銀座や赤坂、六本木で飲む仲間との語らい酒、先輩たちと飲む昔を懐かしむ酒――文人たちの酒にまつわる出来事や思いを綴った酒気漂う珠玉のエッセイ集。
204600-9

ま-17-14
文学ときどき酒　丸谷才一対談集
丸谷才一
吉田健一、石川淳、里見弴、円地文子、大岡信ら一流の作家・評論家たちと丸谷才一が杯を片手に語り合う。最上の話し言葉に酔う文学の宴。〈解説〉菅野昭正
205500-1

う-30-1
「酒」と作家たち
浦西和彦 編
『酒』誌に掲載された川端康成ら作家との酒縁を綴った三十八本の名エッセイを収録。酌み交わし、飲み明かした昭和の作家たちの素顔。〈解説〉浦西和彦
205645-9

よ-5-8
汽車旅の酒
吉田健一
旅をこよなく愛する文士が美酒と美食を求めて、金沢へ、そして各地へ。ユーモアに満ち、ダンディズムが光る汽車旅エッセイを初集成。〈解説〉長谷川郁夫
206080-7

お-2-10
ゴルフ酒旅
大岡昇平
獅子文六、石原慎太郎ら文士とのゴルフ、一年におよぶ米欧旅行の見聞……。多忙な作家の執筆の合間には、いつも「ゴルフ、酒、旅」があった。〈解説〉宮田毬栄
206224-5

う-30-2
私の酒 『酒』と作家たちⅡ
浦西和彦編
『酒』誌に寄せられた、作家による酒にまつわるエッセイ四十九本を収録。酒の上での失敗や酒友と過ごした時間、そして別れを綴る。〈解説〉浦西和彦
206316-7

と-21-7
ロマネ・コンティの里から ぶどう酒の悦しみを求めて
戸塚真弓
〈人類最良の飲み物〉に魅せられ、フランスに暮らす著者が、ぶどう酒を愛する人へ贈る、銘酒の村からのワインエッセイ。芳醇な十八話。〈解説〉辻　邦生
206340-2

よ-5-11
酒談義
吉田健一
少しばかり飲むというの程つまらないことはない――。飲み方から各種酒の味、思い出の酒場まで、ユーモラスに綴る究極の酒エッセイ集。文庫オリジナル。
206397-6

よ-5-10
舌鼓ところどころ／私の食物誌
吉田健一
グルマン吉田健一の名を広く知らしめた「舌鼓ところどころ」、全国各地の旨いものを紹介する「私の食物誌」。著者の二大食味随筆を一冊にした待望の決定版。
206409-6

く-25-1
酒味酒菜
草野心平
海と山の酒菜に、野バラのサンドウィッチ……。詩作のかたわら居酒屋を開き、酒の肴を調理してきた著者による、野性味あふれる食随筆。〈解説〉高山なおみ
206480-5

む-29-1
麦酒（ビール）伝来 森鷗外とドイツビール
村上満
外国人居留地の英国産から留学エリートたちのもたらしたドイツびいき一色に塗り替えられる。長くビールの生産・開発に専従した著者が語る日本ビール受容史。
206479-9

く-18-1
小堀遠州茶友録
熊倉功夫
華やかな寛永文化を背景に将軍、大名、公家、僧侶、町衆など各界50人との茶の湯を通した交流を描く。稀代のマルチアーティストの実像に迫る好著。
204953-6

各書目の下段の数字はISBNコードです。978－4－12が省略してあります。

く-18-2 **後水尾天皇** 熊倉功夫

朝幕対立期に徳川和子を妃に迎え宮中儀式復活を果たし修学院離宮造営、千宗旦、池坊専好、本阿弥光悦を輩出する寛永文化を華開かせた帝の波瀾の生涯。

205404-2

は-58-1 **暮しの眼鏡** 花森安治

ミイハアを笑うものは、ミイハアに泣かされる。衣食住、風俗など、身近なできごとからユーモアとエスプリたっぷりに「世の中にもの申す」。〈解説〉松浦弥太郎

204977-2

は-58-2 **風俗時評** 花森安治

風俗やファッションをテーマに、滑稽な人間模様を洒脱に語る。特権意識や見栄っ張りを嫌った花森イズムが時空を超えて迫る！〈解説〉岸本葉子

206211-5

は-58-3 **逆立ちの世の中** 花森安治

世間に異議申し立てをし続けた日々をユーモラスに描く。また家族や悪戯三昧の学生時代を回顧。伝説の反骨編集者の原点となるエッセイを初文庫化。

206227-6

た-87-1 **忘れ得ぬ人々と谷崎潤一郎** 辰野隆（ゆたか）

辰野金吾を父に持ち名文家として知られる仏文学者が同窓の谷崎、師として仰ぐ露伴、鷗外、漱石らとの交流から紡いだ自伝的文学随想集。〈解説〉中条省平

206085-2

た-87-2 **フランス革命夜話** 辰野隆

大革命を彩るロベスピエール、シャルロット・コルデー等の人物秘話、ルイ十六世の最期、熱月九日の真相を軽妙洒脱に語る名著を復刻。〈解説〉小倉孝誠

206159-0

や-54-1 **キリスト教入門** 矢内原忠雄

内村鑑三の唱えた「無教会主義」の信仰に生き、東大総長を務めた著者が、理性の信頼回復を懇願し教養を解き明かした名著を復刻。〈解説〉竹下節子

205623-7

み-39-1 **哲学ノート** 三木清

伝統とは？　知性とは？　天才とは何者か？　指導者はどうあるべきか？　戦時下、ヒューマニズムを追求した孤高の哲学者の叫びが甦る。〈解説〉長山靖生

205309-0